출근하는 책들

출근하는 책들

읽는 삶은 일하는 삶을 어떻게 구하나

pazit

차례

2부 인간관계가 어렵다면

3부 인정받고 싶은 마음

4부 매너리즘에 빠진 그대에게

당신은 일터에서 울어본 적이 있나요?

일터에서 나라 잃은 백성처럼 목 놓아 운 적이 있다. 비상구 표시가 깜빡이는 컴컴한 복도에 서서, 퇴근길 지하철에서 한강 변을 사연 많은 사람처럼 쳐다보면서, 침대에서 주먹을 입에 틀어막고 왕왕 울었다. 내일 회사 가기 싫다고. 출근하기 싫다고. 드라마 여주인공처럼 눈물 한 방울 또르르가 아니다. 꺼이꺼이 '으아아아앙' 소리를 내며 목 놓아, 오열했다. 아직도 제일 이해가 안 되는 말이 '제가 회사 다니면서 딱 한 번 울어봤는데요'라는 말이다.

고백하건대 나이 마흔이 다 된 지금도 가끔 억울해서, 고독해서, 뭐가 잘 안 풀려서 눈물을 찔끔찔끔 쏟는다. 그만큼 일을 한다는 건, 자기 몫의 밥벌이를 책임진다는 건 엄혹하고, 녹록지가 않으며 고단한 일이다.

일은 우리를 어디로 데려가길래 이렇게 눈물 쏙 빠지게 할까. 나는 그런 때가 많았다. 일터에서 내면이 찢기고 자아가 소멸되는 것 같을 때, 다 큰 성인으로서 지켜야 하는 존엄함의 영토가 침범당하는 것 같을 때, 감정을 억누르고 익살꾼을 연기해야 할 때, 누군가의 송곳 같은 말이 고정된 말풍선처럼 뒤통수에 착 달라붙어 꿈까지 쳐들어올 때.

그럴 때 다 때려치고 싶었다.

순전히 도피한다는 마음으로 책을 펼쳤다. 할 줄 아는 게 읽는 것밖에 없었으니까. 일 생각 좀 떨쳐버리고 싶었으니까. 이 책은 그런 때 눈물을 삼키며 읽은 '도망간 곳에서 찾은 활자'들의 기록이다.

그런 고비의 순간에 책이 나를 살려줬다거나 지혜를 줬다는 식의 금방 들통이 날 거짓말은 못하겠다. 책 속 인물들은 나보다 더 찌질이에 못난이에 심지어 실성한 사람들이 많다. 정면교사보다는 반면교사로 삼아야 하는, 파괴돼가는 인간들 투성이다. "이 바보를 어떡하니, 불구덩이 속으로 돌진하네" 하며 혀를 끌끌 차게 하는, 측은지심을 불러오는 인물들이어서, 롤모델로 삼았다간 쫄딱 망하기 십상이다.

처음 이 책을 계약하고 고민이 많았다. 내가 읽은 책들은 일하는 고통에 휩싸인 인간에게 자기계발서나 처세술 서적이 그러하듯, 똑 부러지게 '이렇게 하세요'라는 직접적인 해답을 주지 않았다. 오히려 답 같은 건 없다고 능을 치며 슬그머니 뭉개기만 했다. 해답을 구하는 독자에게 더 난해한 질문과 난수표 같은 반응으로 응수해 당혹스럽게 만들기도 했다. 일터에서 고통을 해소하는 수단으로써 책을 읽는 것은 가성비가 떨어져도 한참 떨어지는 일이다.

그런데 이 생산성 낮은 '도피성 독서'를 통해 단언컨대 '일하는 인간'으로서 조금 더 단단해지고 명료해지며 단호해졌다곤 말할 수 있다. 더 엄숙해지며, 진지해지기도 했다. 내 무의식, 내 역사, 내 마음속에 웅크리고 있는 '나만의 해답지'를,

어쩌면 저 어둠 속 심해에 있었을지도 모르는 거대한 책 속의 깊은 답들을 탐독을 통해 찾아갈 수 있었으니까.

책은 총 5부로 구성했다. 1부에서는 일의 고통을 조명했다. 2부에서는 직장 인간관계의 어려움을 다뤘고, 3부는 인정받고 싶은 마음에 대해 살펴봤다. 4부와 5부는 각각 매너리즘과 일의 끝과 시작에 대한 이야기를 넣었다.

1부는 다자이 오사무의 『인간실격』에 대한 독후감으로 시작한다. 일터에서 광대가 되어야 하거나, 허위와 가식에 환멸을 느낄 때 『인간실격』 요조의 포효를 생각한다. 『김시종, 어긋남의 존재론』을 읽고서는 엇갈림으로 점철됐던 내 일의 행로를 낙관할 수 있게 됐다. 『라인: 밤의 일기』는 일터를 장엄한 시야로 볼 수 있게 했고, 『비타민』은 남루하고 보잘것없어 보이는 하루치의 노동에 깊은 소외를 느끼는 것이 나만이 아니라는 위안을 주었다.

2부는 일터에서의 대인관계에 대한 이야기다. 『야간비행』은 워커홀릭 상사들의 심리를 초고밀도로 들여다볼 수 있는 책이다. 일터에서 가시 돋친 말을 듣고 그 상흔이 가시지 않을 때 펼쳐봤던 『우신예찬』은 인간은 본디 본성이 불완전하고 어리석으니, 그깟 인간에 상처받지 말라고 말해주는 것 같았다. 『스토너』와 『관리의 죽음』은 사회생활에서 필연적으로 생기는 오해와 갈등 상황에서 어떻게 내면을 지킬 수 있는지 알려줬다.

3부는 인정 욕망에 대해 말하는 책들이다. 『명상록』의 잠언들은 일터에서 응전해야 할 때, 젖먹던 힘까지 낼 수 있는 용기를 줬다. 『위로해주려는데 왜 자꾸 웃음이 나올까』는 내 안의 음습한 마음을 낯설게 바라볼 수 있게 했고, 『적과 흑』을 읽고는 그 어떤 직업적 계급의 구획에도 주눅들지 않는 마음이 생겼다. 페미니즘 고전 『이갈리아의 딸들』은 젠더사회화가 일터 자아에 미친 영향에 대해 전복적으로 고민할 수 있는 지평을 열어주었다.

4부는 매너리즘을 다뤘다. 『외투』를 읽으면서는 자아도취감이 얼마나 인간을 망가뜨릴 수 있는지 알 수 있었고, 『세일즈맨의 죽음』은 현재에 정박해 있지 않는 삶터와 일터가 인간을 얼마나 고통스럽게 할 수 있는지를 간접 체험하게 했다. 『오늘을 잡아라』는 일하지 않는 시간을 환각과 중독으로 낭비하고 있지 않은지 성찰하게 했다. 『시끄러운 고독』은 일의 모순과 야만에 저항하고 순정을 지키는 방법을 알게 했다.

5부는 일의 끝과 시작에 대해 말한다. 『이반 일리치의 죽음』은 일보다 더 중요한 삶의 가치가 무엇이어야 하는지, 집요하게 묻게 했다. 『위건 부두로 가는 길』은 사회적 산물로서 일을 바라보게 했다. 『그림자를 판 사나이』, 『단식광대』는 일의 의미와 역할에 대해 조금 더 진지하고 묵직하게 사색할 수 있게 했다.

이 책은 '일개 독자'가 일터에서 무너진 자아를 재건하기 위해, 책을 선박 삼아 에메랄드빛 텍스트의 바다 위에서 항해를 떠나는 여정이다. 돛을 올렸다. 배는 곧 출발한다. 우리는 승선할 것이다. 거친 일터의 풍랑을 뚫고 가는 그 과정에서 '일의 심연'에 닿아가기 위해.

2023년 구채은

1부

나를 붕괴시키는 일

건배사에
학을 떼는 당신에게

다자이 오사무 『인간 실격』

"제가 김아무개 '씨'의 '발'전을 위하여를 줄인 말로 건배사를 만들어 보겠습니다. 김아무개라고 선창하면 '□□'이라고 후창하시면 됩니다."

이토록 창의적이고 호쾌하며, 공격적이고 대담한 건배사가 있었던 한 조직의 술자리 현장은, 순간 정적이 흘렀지만 포복절도하는 웃음소리로 마무리됐다. 누군가는 깔깔 웃다 자지러지고 누군가는 누르락푸르락 변하는 표정을 숨길 수 없었다. 김아무개 씨는 건배사를 선창한 사람의 직속 상사. 툭하면 팩 하고 성내고, 콩팔칠팔 시비조로 따져대는 상급자가 밉살스러워 참고 참다 터뜨린 것이다. 농인 듯 농을 담은 '엿 먹이기'가 허용되는 건배사란 형식으로 말이다. 당사자인 김아무개 씨는 입을 앙다물고 바르르, 파르르 떨었지만 참아야 했다. 건배사는 본디 그런 거니까. 이후 이 건배사 포맷은 많은 사람들의 입에 오르내리는 전설이자 도시 기담이 됐다. 일하는 사람들다운 해학과 풍자, 치사함과 적개심이 담겨 있으면서도 말에 서늘한 뼈와 칼이 있으니까.

누구나 계급장 떼고 이런 건배사를 할 수 있는 건 아니다. 포털 사이트에 '건배사'라고만 쳐도 '센스 있는 건배사' '건배사 레전드' 'MZ 건배사'라는 단어가 자동 완성된다. 건배사 추천을 주제로 한 단행본만 몇 권이다. 나도 그랬다. 술자리에 있을라치면 벌벌 떨었다. 말발도 센스도 임기응변도 없었다. 각종 커뮤니티를 뒤져 무난하면서 적당히 주목을 끌 건배사를 검색했다. 초조했다. 시킬까 봐.

곰곰이 생각해보면 '친교'와 '뒤풀이'를 가장한 직장인들의 회식 자리는 그야말로 상하관계가 작동하는, 그렇지만 억지로 과장된 웃음과 익살을 연기해야 하는 연극 무대 같은 공간이다. 장르는 부조리 코미디다. 웃긴 듯하지만 불가항력의 모순과 서늘한 폭력이 있는 희비극. 모두가 이 극 속에서 광대가, 배우가 된다. 그리고 배우들 사이엔 엄연한 계급과 연공서열이 존재한다.

서열이 낮을수록 회식 자리에서 챙겨야 하고 신경 쓸 일이 많다. 식당 예약에서부터 자리 배치까지 상명하복과 위계질서가 따라온다. 술잔은 누가 채우고 소맥을 말지, 누가 고기를 구울지, 누가 맥주와 소주와 반찬이 떨어질 때마다 '벨'을 눌러 주문을 할 것인지까지. 상급자가 선을 넘는 주사를 부리거나 기분 나쁜 농담을 해도 웃어 넘겨야 한다. 그 말이 가슴을 콕콕 찌르는 뼈 때리는 말이라 해도, 나는 부하 직원이니까 어금니를 꽉 깨물고 참아야 한다. 그래서 저녁 회식은 일하는 사람들의 종합예술이 요구된다. 적당한 주량과 흥(?), 아부, 임기응변, 사회성, 인내력, 지구력과 체력까지 빠짐없이 요구하는 고도의 행위예술이다.

"난 '조직 생활'에 맞지 않는 사람 같다."
"너무 내향적인 거 아닌가."

“이래서 어떻게 앞으로 회사를 다니나.”

이런 내면의 고민을 많이 했다. 알코올 분해 효소가 없어 술을 못 마셨다. 수줍음 박사학위 보유자(?)로서 부끄러움도 잘 타고 창피함도 많아서 좌중의 시선이 집중될 때 내내 얼굴이 화끈거렸다. 심지어 고기도 못 굽고 홀랑 태워먹었다. 꿔다 놓은 보릿자루처럼 곤혹스러운 때도 많았다. 그런 날은 유난히 사회인으로서 최소한으로 갖춰야 할 센스와 감각과 적응력이 없는 사람처럼 느껴졌고 지독한 소외감과 고독감, 이질감을 느꼈다.

가끔 생각한다. 『인간실격』의 주인공인 ‘요조’를 술자리에 앉혀놨으면 어땠을까(가수 요조는 이 소설의 요조를 본떠 자신의 이름을 요조라고 지었다고 한다). ‘익살’이란 가면을 쓰고 그 시간을 용케도 잘 버텨내면서 내면에 큰 수치심과 괴리감, 시대와의 불화를 느끼지 않았을까. 요조가 미친 척 발광에 실성한 척을 해대서 그 술자리는 일찍 파하게 되고, 나도 2차까진 안

가고 집에 와서 쉴 수 있지 않았을까.

1948년 일본에서 출간된 『인간실격』은 다자이 오사무의 자전적 이야기가 담긴 소설이다. 주인공 요조는 허위와 가식, 기만, 불신이 지배하는 사회, 그렇지만 그런 사회와의 어긋남을 감내하고 억누르며 거짓말하고 교활해져야 하는 사회에 적응하지 못한다. 그래서 더 삐딱해지기로 결심한다. 남들은 하나도 안 웃긴데 혼자 실성한 듯 박장대소하고 웃고 떠들며 과장된 행동을 한다. 광대가 되기로 한 것이다.

'미친 사회'에 사회화되느니 반사회화되는 길을 택했다는 것이 그의 항변이다. 요조는 철저히 소외되고 배격당하다가 방탕과 향락에 빠지기도 한다. 폐인 그 자체다. 요조는 술, 담배, 매춘, 자살미수, 불륜, 자살방조, 가출, 각혈을 거쳐 결국 정신병원에 입원한다. 그리고 그는 스스로를 '인간 실격'임을 확신한다.

술독에 빠진 듯 늘 알코올에 쩔어 있는 그의 내면을 '수기' 형태로 옮긴 글이라, 주사를 활자로 읽는 듯한 느낌마저 든다. '요조'가 억지로 과장된 웃음을 만들어내, 광대를 연기하면서 익살꾼을 자처할 때, 그 부서진 내면에 대해 생각한다. 돌출된 말과 몸짓, 그 속에서 파멸되어가는 인간의 모습을 생각한다.

카를 구스타프 융의 '분석심리학'의 틀로 바라보면, 요조는 '페르조나'를 썼다 벗었다 하지 못하는 인간이다. 페르조나는 집단으로부터 특정 역할, 규범, 태도를 요구받아 써야 하는 '가면'과 같다. 사회화된 개인이라면 조직에서, 일터에서, 회식 자리에서 마땅히 썼다가 퇴근하면 벗어야 하는 가면이 있다. 그런데 요조는 그 가면 자체에 섬뜩함을 느낀다. 본인이 가면을 쓰지도, 가면을 쓰고 있는 인간을 똑바로 바라보지도 못한다. 웃는 가면 속에 가려졌지만 처참하게 뭉개지고 으깨진 인간의 표정을 인식했기 때문이었을까. 본성을 철저하게 억누른 채 인위적으로 만들어진 가면 그 자체의 잔혹함에 몸서리쳤기 때문이었을까.

어떤 술자리에선 나도 요조처럼 가면을 쓰기가 버거웠다. 어제 먼지가 되도록 털리고, 가루가 되도록 깨진 상사와 마주 앉아, 잔이 비면 잔을 채우고, 농인 듯 농 아닌 '꾸짖는 말'을 듣고도 싱글벙글 웃어야 할 때 그랬다. 건배사는 조롱당하고, 그래서 선창하면서도 표정이 뭉개질 때 말이다. 유체이탈 기술은 점점 늘어 '여긴 어디, 나는 누구' 상태였다. 잘 숨겼고 종종 박장대소도 했다. 인생 짬에서 나오는 괴기스러운 바이브가 그때 작동했다. 다만 그런 날, 가면을 벗어 가방에 집어넣고 터덜터덜 걸어가는 퇴근길의 마음은 처참했다. '본래의 나'가 소멸되고 가식과 허위와 기만이 범벅된 '가면 속 나'가 나를 침식하고 석회화시켰다. 가면이 나인지, 내가 가면인지 모르는 순간, 내 고유함, 본성, 개성, 정체성이 훨훨 증발된 것 같았다. 일터에서 우리는 모두가 원하지 않는 술자리에서 그렇게 자신이 마멸되는 느낌을 받지 않는가.

일하는 사람들은 일터에서 그렇게 스스로를 연소시키며 산다. 마시멜로처럼 말랑말랑 순수하고 맑았던 얼굴에, 거짓과 위선의 가면, 허위와 기만의 육중하고 둔탁한 가면을 쓴다. 가면은 차갑고 무거워서 우리의 피부를 짓누른다. 어떤 사람은 가면을 하도 오래 써서 가면이 나인지 내가 가면인지 모르게 변해간다. 그 대가로 월급을 받는다. 요조는 그것이야말로 인간 '합격'이라고 말하는 것 같다. 그렇게 가면을 출근할 때 쓰고 퇴근할 때 벗지 못하면 인간 '불합격', 인간 '실격' 처리가 된다.

그런 생각이 들 땐 다른 시간 다른 공간을 살았던 요조의 생을 대신 살아본다. '나만 가식과 위선에 치가 떨리는 게 아니구나' '나만 아부하고 거짓말하는 스스로에 환멸을 느끼는 게 아니구나' '나만 사회화가 어려운 게 아니구나' 하면서. 1948년에 태어난 한 유약한 일본인 남자도 비슷한 고통, 나와 닮은 내면의 붕괴를 겪었을 것이다.

상상한다. 요조가 고주망태가 돼 "왜 이렇게 다들 미친(?) 광대짓을 하는 겁니까?" "이 자리의 허위와 가식, 기만과 불신을 경멸합니다." "당신들은 거짓말쟁이에 교활합니다. 역겹습니다!"라고 말하며 술자리를 박차고 나오는 장면을. 가면을 갈기갈기 찢어버리고 나오는 그 표정을.

1지망이 아닌 일을 하고 있다면

이진경 『김시종, 어긋남의 존재론』

내 꿈은 예술가였다. 겨울마다 신춘문예에 도전했다. 최종심에도 못 올랐다. 차선책을 찾았다. '글 쓰면서 할 수 있는 정규직'이면 좋겠다 싶었다. 신문기자밖에 없는 것 같았다. 언론사에 입사했다. 기자가 됐다. 해보니 글보다 취재가 더 중요한 직업이었다. 힘들었다. 등단하면 그만둘 생각이었다. 책을 좋아하니, 문화부 출판팀 기자를 하면 좋겠다 생각했다. 안 됐다. 증권·금융부에서 기자 생활을 시작했다. (숫자에도 약하고 천생 문과생인 내가) 적응하는 것만 해도 힘이 부쳤다.

6, 7년은 버텼다. 일은 적응이 됐다. 회사를 다니면서도 첫

책은 소설이나 희곡을 발표하고, 그러니까 문학상에 당선되고, 그 다음 이름을 건 에세이나 르포를 쓰고 싶었다. 뜻대로 되지 않았다. 그래서 지금 독서 에세이를 첫 책으로 쓰고 있다. 1지망의 일은 이룬 게 없다. 계속 2지망, 2지망 하다 3지망. 그렇게 엇갈리게 살고 있다. 그런데 이렇게 또 살아보니 나쁜 게 아니더라. 오히려 엇갈림 속에 응집되고 축적된 에너지가 삶을 더 개성 있고 다채롭게 해주는 것 같았다. 고유의 지문처럼, 나여야만 생성되는 삐뚤빼뚤한 총천연색의 오솔길이 만들어지고 있는 것 같은 느낌이랄까.

'아다리가 맞지 않는다'는 일본식 표현이 있다. 무언가 꼬였을 때, 엉켰을 때 쓰는 말이다. 적중이란 뜻의 아타리あたり에서 유래된 말이다. 한국어의 아다리는 예상, 기대, 명중이란 의미로 쓰인다. 커리어도 그랬다. 엇갈렸다. 표적은 맞추지 못했고 소망을 실현하지 못했다. 내가 소속되고 싶어 하는 세계는 나를 밀어냈고, 나는 늘 다른 세계 속에 원치 않게 규정됐다. 그럴 땐 조금이라도 원했던 빈틈의 세계로 고개를 빼꼼 들이밀어 숨통을 터야 했다. 그런데 10여 년이 지나고 보니 새삼 보인다. 그런 삶터나 일터도 나쁘기만 한 건 아니라

고. 어쩌면 그런 어긋남이야말로 필연적이고 선험적인 삶의 조건이라고. 내겐 그 엇갈림의 틈새 속에 당신 고유의 세계가, 그 세계의 정수가 있다고 알려주는 예술가가 있다. 재일 한국인 김시종 작가가 그런 분이다.

김시종 시인은 일제강점기인 1929년 1월 부산에서 태어났다. 어머니 고향인 제주에서 청소년기를 보냈다. 1936년 황민화교육이 시행되던 제주공립보통학교에 입학했다. 식민지 종주국의 '언어'였던 일본어를 통해 사고체계를 정교화하고 문학소년으로서 감성을 키워 나갔다. 일본의 전통시, 동요, 군가에 매료돼 기타하라 하쿠슈 같은 일본 시인들의 영향을 받아 시 습작도 많이 했다.

하지만 해방 후 조국의 현실에 눈을 떴다. 이육사 같은 민족 시인의 시를 접하고, 청소년기 '모국어'로 인식돼 온 일본어가 침략 언어라는 점을 알게 된다. 그때부터 일본어에 대해 강한 반동의 에너지를 갖게 된다. 언어는 존재의 집인 만큼,

일본어로 사고체계를 형성해 왔던 자신의 예술적·학문적 기반에 대해 끊임없이 회의하게 된다. 하지만 4·3 사건에 연루돼 1949년 이후 부득이하게 일본으로 떠나야 했다. 양초공장 노동자로 힘겹게 생을 영위했지만 문학에 대한 뜻은 접지 않았다.

그때부터 그는 반일본적인 서정성과 리듬을 독창적으로 창조해 일본어 시를 쓰기 시작한다. 자신만의 독특한 예술 세계를 열어간 것이다. 일본어의 아름다움을 일부러 파괴하는 이단의 일본어를 사용해 시를 썼다. 제국과 식민, 분단과 통합, 문명과 야만 등 세계의 모순에 대해 깊고 넓게 사유하는 한편, '제국의 언어, 식민 지배국의 언어'인 일본어에 대한 긴장감과 거리감은 놓지 않았다. 디아스포라로서, 경계인으로서, 한국과 일본 어디에도 속하지 못했던 무국적자로서의 고뇌와 어둠, 모멸과 슬픔도 시 세계에 그대로 담았다. 2015년 오사라기 지로 상, 2011년에는 일본 문단의 거장에게 수여하는 다카미 준 상을 받았다. 지난해에는 아시아문학상을 수상했다.

2018년 YTN과 인터뷰에서 김시종 시인은 "한국은 '달보다 먼 곳'이었다"고 밝혔다. 조선적 신분이어서 입국비자도 받지 못했고, 군사정권이 이어지면서 한국으로 오지 못해, 부모의 임종도 지키지 못했다. 신산하고 고된 삶이었다. 하지만 예술로 시대의 모순을 정조준하고 한 치의 물러섬 없이 정면돌파 하며 살고자 했다. 그 긴장감을 전 생애 내내 놓치지 않고 벼리고 살았다. 이 인터뷰에서 시인은 "매끄러운 일본어를 쓰지 말자. 내 일본어는 투박하고 읽기 힘들게 하자. 나 스스로 만든 일본어에 보복을 했다"고 술회한다. 일본어로써 일본어에 저항했고, 그 언어로써 해방과 틈새, 경계를 말했다. 시인은 이 인터뷰에서 '참다운 것에 침해당하는 데에 반대하는 의지가 시다'라고 했는데, 이 말은 내 마음속 심연에 아로새겨져 있다.

김시종 시인의 시는 언제나 자신이 속해 있다고 믿는 세계로부터 추방당함과 거절당함, 그래서 삐걱거린 어긋남, 하지만 그 엇갈림 속에서도 실존을 잃지 않는 투지와 의지를 담고 있다. 특히 이 시구를 좋아한다.

거기에는 언제나 내가 없다.
있어도 상관없을 만큼 주위는 나를 감싸고 평온하다
일은 언제나 내가 없을 때 터지고
나는 나 자신이어야 할 때를
그저 헛되이 보내고만 있다.
36년을 거듭하고서도
아직도 나의 시간은 나를 두고 간다.*

김시종 시인에 대한 문학비평서는 많은데 그중에서 이진경 작가가 쓴 『김시종, 어긋남의 존재론』을 좋아한다. 이진경 작가는 김시종 시에 대해서 이렇게 말한다.

> 시란 바로 그렇게 응어리진 운모 조각이, 그 속에 응결된 삶이 시인에게 보내는 편지다. 수신자를 적지 않은 편지, 알 수 없는 문장들로 쓰인 편지다.**

* 김시종, 김정례 옮김, 『광주시편』, 푸른역사, 2014, 31쪽.
** 이진경, 『어긋남의 존재론』, 그린비, 2019, 37쪽.

모든 삶이 낱낱의 비극과 엇갈림, 어긋남을 정초하고 있다고 생각한 적이 있다. 지금 하고 있는 일도 마찬가지. 맡은 업무도 그렇다. 원했던 1지망의 삶이란 건 존재와 거리가 먼 허상이나 이상향에 가까울 수도 있다. 우리는 필연적으로 속하고 싶은 세계로부터 거절과 추방을 당할 수 있다. 세계는 인간들의 투쟁과 결투로 이루어져 있으므로 내가 속하려는 세계에 진입하는 것은 끝끝내 좌절될 수도 있다.

누군가는 끈질기게 분투해 그 세계의 규정에 맞게 나를 조각해 나간다. 하지만 그럼에도 불구하고 거기에 내가 존재하지 않을 수도, 마지못해 지금 세계에 자족하고, 슬프지만 낙관해야 하는 순간도 온다. 그땐 그 어긋남을 기꺼이 받아들여야만 한다. 승복하고, 그 삶 속에서 살아갈 틈새를 찾아야 한다. 주어진 조건에서 내가 할 수 있는 일을 하는 것, 세계와 빚은 마찰을 고스란히 삶에 녹여내 나만의 지도를 그려가는 것도 삶터와 일터에서 우리가 필연적으로 겪고 감당해야 할 생애 전제조건 아닐까.

김시종 시인이 재일한국인으로 살지 않았다면 어땠을까. 4·3 사건에 연루되지 않아 조국에서 생을 보낼 수 있었다면 어떤 예술작품을 썼을까. 레이먼드 카버가 장편소설을 쓸 수 있는 자원과 시간이 있는 작가였다면 더 나은 문학적 성취에 도달했을까. 내가 1지망인 소설가로 등단해 기자의 길을 걷지 않았다면 지금보다 행복했을까.

우문이라고 생각한다. 명중하지 못하는 삶 그 자체가 비애만으로 침윤되는 것은 아니어서다. 그 역경과 수난, 혼돈과 뒤틀림이 김시종 시인처럼 생애의 창조적 힘의 원천이자 출처가 될 수 있다. 그리고 애초에 삶이란 건 명중해야 할 과녁이 없거나, 매번 흔들리거나, 비어 있는 것일지도 모르겠다.

그러니까 내게 주어진 어긋남과 엇갈림을 비관하지 않고 삶의 한 부분으로 수렴하려고 애써 본다. 그리고 믿어 본다. 그것도 내 삶의 질료라고. 오히려 그런 세계와 나의 운동 속에 내 삶이 더 겹허해진다고. 독특한 색채와 빛깔을 내며 무르익을 수 있다고, 나는 내 삶을 그렇게 만들 수 있다고.

저 이런 일 할 사람 아닌데요

레이먼드 카버 『비타민』

일하는 삶을 영화로 만들면, '하드보일드'* 장르가 나오지 않을까 생각해본 적이 있다(한참 일이 안 풀리고 힘들 때 그랬다). 세계는 비정하고 무정하다. 숭고한 가치도 어떤 선 의지도 왕창 무너져 내렸다. 모래알을 한 움큼 삼킨 듯 건조하고 텁텁하며 희망 없는 세계 속에 우리는 무표정하게 살아간다. 기계적으로 출근과 퇴근을 반복하는, 유령 같은 사람들이 있다. 그 속에 잿빛이 된 얼굴의 나도 있다. 치정, 복수, 살인, 마약 같은 극적 요소는 없지만, 그저 지리멸렬하게 일상은 굴

* 1920~1930년대 미국 문학에 등장한 새로운 사실주의 수법으로, 군더더기 없이 냉정하고 비정하게 인물과 사건을 묘사한 소설이나 영화.

러갈 뿐이다. 허무와 퇴폐가 지배하는 세계다. 그러다 갑자기 사소한 악惡들을 연쇄적으로 맞닥뜨린다. 나는 속절없이 와르르 붕괴된다.

일터에서 비루해지고, 초라해지고, 남루해지며, 처참과 비참, 비탄을 느껴야 할 때가 있다. 그럴 때 내 삶의 장르 자체가 회색빛으로 바뀌는 듯한 느낌이 든다. 근사하게, 당당하게, 멋있게, 직업윤리를 지키며 자아 성장을 도모해 줄 것이라 믿었던 무지갯빛 일터는 신기루처럼 흩어져 버렸다. 바람은 〈이상한 변호사 우영우〉의 박은빈이 되고 싶다. 하지만 현실은 〈나의 아저씨〉의 아이유다. 날카로운 굴욕과 치욕, 모멸과 너절함이 마음을 땅 밑으로 꺼지게 한다. 뜻대로 되지 않는 삶과 생계에 대한 중압감이 허무와 절망으로 누를 때. 그럴 때 종종 꺼내보는 단편소설이 있다.

미국 단편소설의 대가 레이먼드 카버의 『비타민』이다. 멀찍이 물러선 시선으로, 삶의 폐부와 치부를 집요하지만 냉정하게 묘사하는 그의 작품들을 읽고 있으면, 그 하드보일드 세계가 활자로 펼쳐지는 느낌이 든다.

'나'는 병원에서 변변찮은 일자리를 전전하는 남자다. 그의 연인 패티는 자기 성장을 위해 일자리가 필요하다며 복합 비타민 방문판매 일을 시작한다. 회사에서 초고속으로 승진하고, 자신의 사무실도 꾸린다. 모르는 집의 초인종을 눌러서 비타민을 파는 일은 여러모로 고단했다. 여초 직장이었다. 많은 여자들이 패티의 회사에 왔다가 그 직업을 금세 떠났다. 패티는 사업을 계속한다. 그의 밑에서 도너와 쉬일러가 동업자로 일한다. 어느 날 동성애자 쉬일러가 패티에게 사랑을 고백한다. 쉬일러는 크리스마스 무렵 연 파티에서 만취 상태로 손가락을 다친다. 쉬일러가 패티에게 추파를 던졌다는 사실을 안 나는 그와 언쟁을 벌인다. 나는 패티의 또 다른 동업자 도너와 '썸'을 타고 있다.

수식어도 내면 묘사도 없이 '나'의 의식을 따라 담담하게 흐르는 이 짧은 소설에서 드물게 인물의 내밀한 감정이 드러나는 장면은 패티가 포효하는 바로 이 한 장면이다.

"빌어먹을!" 그녀가 말했다. "그러니까 어렸을 때만 해도 나는 이런 일은 절대로 하지 않겠다고 생각했어. 세상에. 나는 내가 어른이 돼서 비타민이나 팔고 있을 줄은 상상도 못했다구. 비타민 방문판매라니. 지긋지긋해. 정말 돌아버리겠어."

"나도 생각해본 적이 없어. 허니." 내가 말했다.

"맞아" 그녀가 말했다. "간단하게도 말하시는군."*

패티는 악다구니를 쓴다. 꿈속에서조차 비타민을 팔고, 비타민에 대해 생각해서 미칠 지경이라고. 한겨울이고 곳곳에 아픈 사람들 투성이고, 죽어가는 사람들이 많아서 비타민 산업은 사양산업이 됐다고. 아무도 비타민을 팔지도 사지도 않는다고 한탄한다.

패티처럼 '나 이런 일 할 사람 아닌데…', 내가 왜 이런 수모를 겪어야 하느냐며 스스로가 비루해지는 고통의 순간을 일터에서 누구나 겪는다. 뽀대나지도 멋있지도 않은데, 어쩔 수 없이 해야 하는 일들이 내 앞에 놓일 때 특히 그렇다. 나도

* 레이먼드 카버, 김연수 옮김, 『대성당』, 문학동네, 2014, 154쪽.

그렇다. 나의 일은 '거절당하는 직업'이나 진배 없어서 매일 취재를 위한 문자, 전화, 인터뷰 거절을 당하는 게 일상이다. 그 끝에선 너덜너덜하게 닳아 해진 자아와 맞닥뜨린다. 거절당하지 않으려고 괴이한 협박을 하거나, 거절 안 할 것 같은 사람한테 거절 못할 제안을 하는 술수(?)도 늘긴 했지만, 대체로 거절당함의 과정 속에서 침잠하고 상처받고, 비루해짐을 느낀다. 그럴 때 나도 절규하는 패티가 돼 이렇게 말하고 싶다. '제가 사실 이런 일을 할 사람이 아닌데요.'

이 소설이 더욱 처연하게 다가오는 점은, 그런 고단한 생계노동 속에서 인물들은 동업을 하고, 파티를 열고, 데이트를 하지만 그 어떤 진정한 소통이나 동질감, 연민, 공감과 일체감도 느끼지 못한다는 것이다. 관계는 얕고 덧없으며 섬뜩할 정도로 피상적이다. '나'는 도너와 키스를 나누고, 밀회를 즐기지만 그에게 어떤 애착도 없다. 포틀랜드로 떠나고 싶다는 도너의 희망에도 아무런 관심이 없다. 그런 나의 내면은 도너와 대화 속에서 이렇게 묘사된다.

"도대체 뭘 할 건데?" 내가 물었다. 그렇긴 해도 내가 알 바는 아니었다. 바로 그 순간, 그녀가 심장마비로 죽는다 해도 나한테는 아무런 의미가 없었다.*

그때 즈음 비타민 판매 일은 사양산업이 돼 패티는 어려움을 겪어 화를 자주 내게 된다. 그 와중에도 나와 도너는 한 술집에서 데이트를 즐긴다.

스산한 세계, 그 속에 너절하게 파괴돼 가는 인간. 사람들은 각자의 삶에 주어진 고통에 신음할 뿐이고, 간간이 서로 만나 스카치를 마시고 키스를 나누며 얄팍한 쾌락만으로 삶을 소진할 뿐이다. 그러다 쉽게 충돌하고 할퀸다. 그런 파국은 퇴역 군인 넬슨이 베트남전에서 가져온 누군가의 귀를 보여주며 도너와 나를 모욕하는 장면에서 극대화된다.

일터에서 소진돼 너덜너덜해진 자아를 위로받으려고 누군가를 만나 소통을 구했지만 맥주를 마시는 내내 겉도는 대화만 하다가 터덜터덜 퇴근할 때, 오히려 그 누군가와의 대화

* 같은 책, 173쪽.

속에 인간으로부터 어떤 공감도 위안도 얻을 수 없음을, 그러기엔 우리가 너무 어른이 돼버렸고, 순수를 잃어버렸음을 깨달았을 때. 그런 때가 있었다. 간혹 마음을 섣부르게 꺼냈다가 낯선 상대로부터 상처를 입거나, 가시 같은 말을 들어 내면이 무너져 내릴 때. 그런 때도 늘 이 소설 속의 한 장면이 떠오른다.

이 소설의 백미는 그렇게 일에서도 관계에서도 원하는 바를 이루지 못해, 고독과 환멸 속에서 서서히 파괴돼 가는 인간의 내면을, 서운할 정도로 냉정하게 그려낸다는 점이다. 깔끔하고 군더더기 없기clear and hard로 정평난 레이먼드 카버의 문체는 여기서 빛을 발한다. 수식어도 미사여구도 없이 담백한 문장으로 묘사하는 세계는 건조하고 텁텁하며 냉혹하고 난폭하게 느껴지기도 한다.

그건 역설적으로 하드보일드 세계 속에서 신음하고 있는 나의 목소리를 더욱 또렷하고 선명하게 들려오게 하는 효과를 준다. 내가 살고 있는 세계의 비탄, 피상적이기 짝이 없는 사람들과의 관계 속에서 밀려오는 공허. 그 속에서 서서히 균열을 내고, 차근차근 무너져가는 인간성의 가치를 정면으로 목도하게 만든다.

'소설가들의 소설가'로 알려진 레이먼드 카버는 많은 단편소설에서 미국 노동자계급의 모습을 생생히 묘사했다. 거기엔 한 줌의 낭만도 환상도 없다. 음울하고 고되고 지루하고 엄혹한 노동 속에서, 만만치 않은 세계가 주는 비참과 굴욕을 참아가며 사투하다가 무너지는 인간의 마음만이 있다.

그런 그는 십 대 후반에 결혼했고, 항상 궁핍했다. 일찍 얻은 두 아이들의 양육비를 대느라 허리가 휘도록 일을 해야 했다. 그 시기 시간을 쪼개 쓴 단편소설이 오늘날 미국 단편의 '정수'로 일컬어지는 것은 모든 소설에 그가 삶으로서 부딪히고 겪어낸 생생한 체험들이 녹아 있기 때문이리라.

그런 그가 쓴 소설이기에, 더 묵직하게 읽히는 이 소설을, 오늘 일터에서 비탄과 초라함을 느낀 당신에게 권하고 싶다.

현실 일터에서 느껴야만 하는 역겨움과 허무, 균열과 너절함이 소설 속에 표현됐을 때. 그 언명된 문장을 읽었을 때 드는 공감과 공명이 주는 위로가 있으니까. 현실은 남루하기 그지없지만, 그것이 활자로 형상화된 것을 보았을 때 주는 환기와 고양감이 있으니까.

어쩌면 그 느낌의 가닥이 장면의 전환, 장르의 변환을 가져올 수도 있지 않을까. 하드보일드를 지나 또 다른 장르의 서사로 말이다.

익스트림 롱쇼트로 일을 바라보면

조제프 퐁튀스 『라인: 밤의 일기』

나는 영화의 카메라 기법 중 '익스트림 롱 쇼트'를 좋아한다. 건물, 옥상, 헬리콥터 위에서 밑으로 내려다보는 시선이다. 부감으로 멀찍이 내가 하는 일을 들여다볼 수 있게 해준다. 하나의 소실점에 출근해 일하는 내가 있다. 줌 아웃을 한다. 나는 콩알만큼 작아진다. 화면을 가득 채우는 건 나를 둘러싼 배경이다. 내가 소속된 팀, 부서, 회사, 산업, 경제, 자본주의 시스템까지 모두 다 한눈으로 조망할 수 있게 카메라가 멀어진다. 사무실에서 시작한 쇼트가 건물, 거리, 도시, 나라, 대륙 전체로 쭈욱 멀어지는 것이다.

그리고 그 앵글 속에 개미가 된 나는, 여태 제대로 보지 못했던, '일의 세계'를 보게 된다. 나와 꼭 같이 일하는 사람들의 모습이 담긴다. 이건 마치 같은 무늬가 반복되는 거대하고 광활한 벽지를 보는 것 같다. 박찬욱 감독 영화 속 형형색색의 벽지처럼. 패턴은 같다. 모두가 미친듯이 빠르게 돌아가는 자본주의의 잔인한 속도에 올라타 땀을 뻘뻘 흘리며 바둥바둥 달리고 있다. 〈모던타임즈〉의 시계공이 된 찰리 채플린 같다.

그들은 하나같이 정신과 육체의 훼손을 경험한다. 자본주의의 속도는 비정할 정도로 빠르다. 나를 기다려주지 않는다. 모두가 그 트랙 위에서 허겁지겁 뛰게 만든다. 안 뛰면 낙오다. 휘뚜루마뚜루 해내야 한다. 어금니를 꽉 깨물고 내달린다. 충혈된 눈으로 허위허위 뜀박질한다. 몸을 짜낸다. 즙이 된다. 잠이 든다. 다시 짜낸다. 착즙기에 들어간 레몬처럼. 그렇게 얼마큼의 영혼과 몸을 마멸시키고 쥐어짜내며 오늘도 출근한다.

조제프 퐁튀스의 장편소설 『라인: 밤의 일기』를 읽으면서 그런 '일하는 사람들의 지도'를 장엄한 시야로 보는 듯한 느낌이 들었다. 1부가 생선 가공식품 공장이고 2부가 도축장에서 일을 한 에피소드로 구성돼 있다. 작가 자신의 자전적인 얘기다. 퐁튀스는 파리 근교에서 특수지도사로 일했지만, 사랑하는 여자를 따라 온 프랑스 서부 해안 도시에는 전공을 살릴 만한 일자리가 없다. 할 수 없다. 직업소개소로 향한다. 고등사범학교 준비반 출신 엘리트였던 남자. 10년 남짓 특수지도사로 일해 왔던 그가 임시직 육체노동자가 된 것이다.

일단 섭씨 8도가 최고 온도인 식품 가공식품 공장에 취업한다. 그 과정을 서정시 같은 형식으로 전한다. 행갈이가 많아 페이지가 술술 넘어간다. 내용은 현실적이고 처연하고 묵직하며 엄정하다. 한 움큼의 허영도 과장도 없이 일하는 사람들을 보여주기 때문이다. 이렇게.

무얼 하는 겁니까
일하고 있잖소
빌어먹을
돌들을 깨느라
허리가 휘었소

하다못해 개들도

이꼴은 아닐 거요

이러다 허리가 끊어지고 말지

수 킬로미터를 더 가니

같은 공사장에서 분주하게 몸을 놀리는 두 번째 남자가 보였다

같은 질문

일하는 거요

먹여 살릴 가족이 있으니

힘은 들지만

사는 게 다 그런 거지 일이 있다는 것이 다행이고

그걸로 된 거요*

퐁튀스가 일터에 도착한다. 하루에 40톤의 새우를 운반하는 거대 공장. 마다가스카르와 페루, 인도, 나이지리아와 과테말라, 에콰도르 해안으로부터 쏟아져 나오는 새우들은 어떤 대륙 노동자의 일손을 빌어 껍질이 까진 채로 브르타뉴 섬에 도착한다. 퐁튀스는 그 라인 속에서 새우들을 분류한다.

* 조제프 퐁튀스, 장소미 옮김, 엘리, 2020, 13쪽.

해동, 분류, 가열, 냉각, 포장, 라벨링의 단계에 참여한다.

갖가지 생선들이 이 공장으로 밀려든다. 퐁튀스는 라인을 바꿔가며 생선을 분류하고 운반한다. 단조롭고 고단하고 힘겨운 일이다. 꽁치, 실버 키메라, 그르나다니에, 새우. 한 시간에 3톤. 삼십 분에 1.5톤씩. 이들을 얼음을 가득 채운 스티로폼 상자에 옮기고 상표를 붙인다. 생선들의 피와 내장과 쉼 없이 돌아가는 기계 소리가 들리는 것만 같다. 악취가 코를 찌르고 허리는 끊어질 듯 아프다. 발가락에 사상균증이 생긴다. 그 옆의 라인, 그 옆옆의 라인에도 똑같이 같은 작업을 반복하는 '일하는 사람'이 있다.

생산 라인은 돌아간다. 거대한 물결 속에서, 그는 분업에 참여한 작은 나사일 뿐이다. 그의 앞뒤로 옆의 옆으로 그와 똑같이 일하는 자가 존재한다.

2부의 도살장은 더 혹독하다. 방독면을 쓰고 돼지 절단을 한다. 생산 라인에 묻은 돼지똥과 젖통 찌꺼기를 청소한다. 누군가는 인두로 짐승살에 화상을 입히면서 도살 때마다 번

호판을 바꾸는 일을 한다. 자아실현 따윈 없다. 인류애도 없다. 악마적 노동만이 일터를 지배한다. 지루하고 고될 뿐이다. 고통의 연옥과 같다. 간혹 방혈 전 투우사에게 맞은 탄알을 그대로 품고 있는 소가 라인에 실려오기도 한다. 아연실색한다. 그래도 일을 해야 한다. 그 속에서 악취에 역겨워하고 구역질에 토악질이 난다. 어쩔 수 없다. 그의 표현대로 일터에 데우스 엑스 마끼나는 없다. 출근과 노동 퇴근의 순환고리만이 있을 뿐이다.

그 흉포한 일터에서 퐁튀스는 거대한 물결에 집어삼킴을 당하지 않으려고 안간힘을 쓴다. 그가 매일 일에 대한 글을 써서 이 책을 출판한 것도 그 이유다. 그리고 이 책은 실제 퐁튀스의 첫 장편소설로 수상의 영예를 가져다준다. 그는 2019년 에르테엘 리르 문학 대상을 필두로 외젠 다비 상, 레진 드포르주 상 등을 수상하며 평단과 독자들의 지지를 얻는다. 그건 아마도 그가 책에 썼듯 고된 노동을 하면서도 존엄함을 지키려고, 일의 잔혹함에 소멸되지 않으려고 애쓰는 과정을 절절히 담아냈기 때문이리라. 그런 그의 의지는 이런 대목으로 절실하게 표현된다.

가끔 누에고치 속처럼 안심이 되기도 한다
우리는 생각 속을 유랑하면서
일하지 않고 일한다
유일하고 진정한 자유는 내면에 있다
공장이여
너는 내 영혼을 갖지 못할 것이다
나는 여기 존재하고
너보다 가치가 있다
너 때문에 가치가 있다*

생계노동의 고단함과 묵직함을 엄정하게 생각하게 하는 소설이다. 보통 우리는 우리의 일터 세계를 현미경으로 들여다본다. 줌인이다. 상처와 모멸과 고통과 슬픔이 있다. 들여다보면 들여다볼수록 내 고통의 멍에가 무거워진다. 과장되거나 더 흑화되기도 한다.

하지만 익스트림 롱 쇼트로 세계를 바라보자. 모두가 다 그

* 같은 책, 232쪽.

렇게 얼마큼 파괴돼 가며 일을 하고 있다. 그 속에서 낙관과 해학, 낭만을 찾는 사람도 분명히 있다. 일은 힘든 것이다. 엄정한 것이다. 나에게만 유독 가혹한 것이 아니다.

물론 때론 일은 낭만적이다. 자부심을 머금게 한다. 우쭐하게 만들고, 어깨뽕을 세워주기도 한다. 하지만 대개의 생계노동은 엄혹하며 숙연하고 잔인하고 잔혹하다. 때론 흉포한 것일지도 모른다.

줌 아웃으로 멀어져 개미가 된 소실점의 나. 다시 줌인을 서서히 해본다. 유라시아 대륙과 태평양 사이 한반도의 중간 허리에 멀찍이 일을 하는 내가 있다. 유라시아 대륙 서쪽 해안가엔 퐁튀스가 일을 한다. 우리는 같이 일을 한다. 초점을 내게 가져간다. 대륙, 나라, 도시, 거리, 건물, 사무실로 쇼트가 좁혀 온다. 줌인으로 끌어당긴다. 그곳에 오늘도 출근해 일을 하는 나와 당신이 있다. 마감하고 커피를 마시러 왔다. 이 것이 바로 당신이 살고 있는 '일의 세계'다.

#퇴근길 농담

일이 내면의 바다를 위협할 때는

울긋불긋 노고지리 애면글면

바야흐로 나흘날 [redacted]

[redacted] 고드름 마름질

이 화면이 익숙하다면, 당신은 한컴 타자연습 산성비 게임을 해본 사람이리라. 이렇게 하늘에서 쏟아지는 낱말들을 적시에 소거해 본 적이 있는가. 커서가 깜빡깜빡거리는, 절벽 위에 서서 어휘들을 차분히 입력하면 되었다. '띠리릭' 경쾌한 기계음이 울리면서 단어는 사라졌다.

'타다닥타다닥' '탁' '타다닥타다닥' '탁'

빨라지는 키보드 소리와 이 모두를 분할하며 가로짓는 엔터키의 단호한 음성. 산성비를 용케도 지워 나가고 있다. 잽싸게 단어를 낚아채고, 오타 없이 정밀하게 입력해 넣는 엄밀함도 필수다. 그러다 단계가 높아지고, 떨어지는 언어들에 가속도가 붙을 때, 긴장감이 높아지고 당혹감이 밀려온다. 검은 테이프로 가려진 미궁의 어휘들이 복면강도처럼 나타나기도 한다. 하지만 괜찮다. 연습을 부단히 했다면 날렵한 손가락으로 일시에 모든 말들을 제압할 수 있다.

살면서 이 한컴 타자연습 산성비 게임이 생각났던 적이 종종 있다. 퇴근 후 마음 속 심연이 오염돼 버렸거나, 지워지기 어려운 상처로 내 세계에 균열이 오고 충격이 가해졌을 때 그랬다. 직장에서 알 수 없는 모독을 당했을 때, 유해한 관념과 감정들이 내면의 바다에 퐁당퐁당 빠지는 것 같았다. 그럴 땐 검붉은 잉크 얼룩이 퍼지는 바다를 속수무책으로 바라봐야 했다. 어른이 된다는 것, 한 생명으로서 밥벌이를 하다 보면 겪게 되는 별의별 일들. 그건 뭔가 오염되고 때가 타는 것과 같은 감각을 줬다. 색이 묻지 않으려고 철벽방어를 하거나, 완패해 나의 바다를 내주거나. 그렇게 원치 않는 게임이 반복됐다.

내게 '독서'란 행위는 이렇게 시시각각 변해가는 내 바다를 항해하면서, 내 고통을 돌보고 자정하는 시간과 같았다. 오늘은 산성비가 무섭게 쏟아져 내렸다. 그들의 정체가 무엇이었는지, 그 산酸성의 pH가 얼마였고, 섞인 원소가 무엇인지. 불순물의 양은 얼마나 됐고, 내 마음의 바다는 얼마나 제 농도를 잃었는지, 간혹은 현미경을 들고, 리트머스지를 대보며 검사를 해봐야 했다.

그럴 때 책이 돛단배가 돼 줬다. 망원경을 들고 노를 저으며 내 안에 담가진 정념, 피로, 슬픔, 두려움, 불안, 우울을, 때로는 짙은 혐오와 수치, 교만, 분노, 회한, 죄책감, 심술, 질투, 증오, 권태, 황홀까지도. 그 덩어리들을 낱낱이 세밀하게 살필 수 있게 해줬다. 어떤 소설 속 인물의 심금이 나와 닮았을 때가 그랬다. 내가 느끼는 환멸의 출처를 세계와 구조 속에서 횡적으로 연결지을 수 있는 사유를 발견하게 됐을 때, 그럴 때 책을 통해 내 아픔을 소격하고, 회복할 수 있었다.

문제는 '읽는 삶'을 지키는 것이 녹록지 않다는 점이다. 자본과 권력에 점령돼, 우리를 끝없이 소비자와 상품으로 만드는 세계 속에 살아야 해서다.

스마트폰이 만드는 세계가 그렇다. 하이퍼링크와 무한 스크롤. 이건 시작도 끝도 문단도 마침표도 없다. 빠져나올 수가 없다. 화면을 바꾸는 리모콘을 자동적으로 돌리게 만든다. 비판, 숙고, 성찰은 물론 몰입과 수면을 방해하며, 우리를 개성 있는 사유와 사색에서 떨어뜨려 놓고, 획일화된 욕망, 천편일률화된 탐욕을 부르는 곳이다. 알고리즘과 말초적인 자극과 현란한 이미지의 중독이 우리를 그렇게 만든다. 이 시스템은 기하급수적으로 스스로를 재생산해 증식하고 촉수를 뻗어나가 우리의 뇌를 식민화한다.

퇴근 후, 주말에 스마트폰을 보면 늘 그랬다.

유튜브와 포털, 카톡, 인스타그램을 스크롤하며 멍하니 봤다. 한층 더 자극적인, 빗방울이 굵어진, 하늘이 뚫려버린, 장대비, 홍수가 쏟아진다. 그 비를 먼 시야로 보면서, 그 낱말 하나하나를 곱씹고 해석할 커서조차 잃어버린다. 우박은 폭포수처럼 쏟아지고, 그걸 자각할 메타인지도 성찰도 사색도 실종돼 버렸다. 마침내 산성비 게임이 '렉'에 걸린 상태. 그런 상태를 늘 스마트폰 속 세계를 정처 없이 떠돌 때, 느꼈다.

바다는 금세 오염되고, 정화되거나 고요해질 기회를 박탈당한다. 먼 시야에서 해수면을 바라보고 일몰과 일출을 볼 수 있는 여유, 갈매기와 파도 소리, 반짝반짝 빛나는 윤슬을 볼 수 있는 시간도 앗아간다. 그리고 산성비의 단어들도 이렇게 바뀐다.

SNS 초연결 중독 염탐

좋아요 팔로우 [redacted]

[redacted] 연예인 맞팔 공감

실은 바다엔 어떤 문장도 가라앉지 않았다. 고요했다. 맑았다.

하지만 시간이 흘러, 단어와 활자들이 물고기처럼 팔딱팔딱 뛰게 됐다. 상어 지느러미와 은빛 갈치와 물미역도, 편지가 담긴 병이나 누가 버린 스타킹이나 참치캔도. 그러다 바다의 농도가 달라졌다. 특정 어종들의 분포가 과밀화되면서 생태계가 교란됐다. 일부 원소가 과잉으로 유입됐다. 유조선의 기름이 유출돼 죽은 생물들이 둥둥 떠다니는 날도, 해적들이 출몰해 바다에서 난장을 치던 날들도 있었다. 내겐 독립적인 개체로서 생존하는, 일하는 사람이 돼 가는 과정이 그런 소란을 견뎌내는 일처럼 느껴졌다.

나의 바다를 다시 지키고, 해석하기 위해선 책날개가 필요하다. 나를 자극해 응고물로 가라앉은 그 성분이 무엇인지, 어떤 질료가 바다를 오염시키며, 무엇이 내 내면의 바닷속에 파문을 일으키는지. 어떻게 내 옥토를 지킬 수 있는지.

그걸 사유하려면 폰은 이만 덮어두고, 책을 읽어야 한다. 가끔은 지루하고 자주 졸리지만 책을 편다. 그리고 믿어본다. 그 작은 힘이 지축을 찢고 새로운 바닷물의 샘을 기를 수 있을 것이라고, 그렇게 내 바다를 지킬 수 있을 것이라고.

2부

인간관계가 어렵다면

똑부 꼰대 상사의 내면이 궁금하다면

앙투안 드 생텍쥐페리 『야간비행』

꼰대인 데다 일 중독 상사는 힘들다. 일터에서만 나를 괴롭히는 게 아니다. 퇴근 후에도 갈굼과 폭언이 귓전에 윙윙 울린다. 가족보다 더 자주 맞대면을 하고 오랜 시간을 보내는 상전이어서다. 특히 똑부(똑똑하고 부지런한) 상사는 부하 직원의 머리 꼭대기 위에 서서 그를 조종할 수 있으니 가스라이팅 위험이 있다. 멍부(멍청하고 부지런한) 상사보다야 낫다지만 대하기 어려운 건 매한가지다.

『어린왕자』로 잘 알려진 앙투안 드 생텍쥐페리가 1931년 발표한 소설 『야간비행』에는 무시무시한 똑부 상사, 항공사 책임자 리비에르가 나온다. 실존하는 인물 디디에 도라를 모델로 한 캐릭터라 그 묘사가 더 없이 핍진하고 생생하다. 무엇보다 우리가 가닿을 수 없는, 아니 어쩌면 별로 알고 싶지도 궁금하지도 않은, 일에 미친(?) 상사들의 내면을 근접해서 묘사해준다. 이렇게.

> '저들은 행복해. 자기가 하는 일을 사랑하니까. 내가 혹독하게 군 덕분에 저들이 자기 일을 사랑하게 된 거지.' 어쩌면 그들을 고통스럽게 했는지도 모르지만, 리비에르는 그들에게 강렬한 기쁨도 주었다. '그들이 강렬한 삶을 향해 나아가도록 밀어줘야 해.' 그는 생각했다. '고통과 기쁨을 동시에 불어오는 강렬한 삶으로 나아가도록. 그런 삶만이 중요하니까.'*

이 무슨 소시오패스의 망언인가 싶지만, 그는 진심이다. 진심이어서 더 문제다. 리비에르는 1920년대로서는 위험한 야간비행 회사의 전 항공 노선을 총괄하는 책임자다. 조명도 자동운항 기술도 발달하지 않았던 때라, 밤 비행은 뇌우, 안개,

* 앙투안 드 생텍쥐페리, 용경식 옮김, 『야간비행』, 문학동네, 2018, 35쪽.

폭풍우 같은 천재지변에 노출됐다. 비행사들의 안전을 지키되, 기차나 선박 같은 육상운송 기술과의 속도 경쟁에서 밀리지 않아야 했다. 그는 독해져야 했다.

그는 비정하다. 날씨가 안 좋아도 정시 출발하지 않는 조종사에겐 수당을 빼버렸다. 조종사가 두려움에 휩싸여 항로를 이탈하면 그 책임을 꼬치꼬치 캐묻고 질책했다. 비행기에 손상을 입히면 수당을 안 줬다. 사소한 실수에도 책임자를 단칼에 해고했다. 비행사들이 조금 더 바짝 긴장해, 엄격하고 혹독하게 자신을 단련하길 바랐다. 그러다 전도유망한 비행사 파비앵이 비행 사고로 실종된다. 파비앵의 부인이 회사로 와 리비에르 앞에서 절규한다. 리비에르는 동요하지 않는다. 그는 끝까지 해왔던 업무 방식을 고수한다.

그의 서릿발 같은 차가움과 엄격함은, 일을 일만이 아니라 '자기초월'의 수단으로 여기는 데서 비롯된다. 그리고 부하직원들의 '자기초월'을 도와주는 매개자로서 본인 스스로를 정체화한다.

그의 일하는 방식은 불가피한 면이 없지 않다. 일터에서 우리에게 주어진 과제는 대개 골치 아프다. 난도가 높다. 끊임없이 경쟁해야 하고 새 길을 개척해야 한다. 어떤 일은 그 압박 속에 곤혹스럽고 어렵고 잘 안 풀린다. 현재 갖고 있는 나의 속성들, 내 능력치의 항상성을 유지해선 성사가 잘 안 되니까. 우린 늘 레벨 업해야 한다.

연차가 쌓일수록 조직은 더 높은 과제를 우리에게 던져 준다. 해결하라고 임무를 완수하라고, 등 떠민다. 못하면 낙오된다. 가끔 돌발 폭풍우나 기상이변 같은 예측할 수 없는 변수에 의해 애써 해내온 일들이 깡그리 수포로 돌아가기도 한다. 이런 위험들까지 통제하고 고려해야 한다. 그래서 '일 하는 자'로서 존재하는 건 자기초월과 자기갱신을 끝없이 요구받는 도정이다. 그 과정을 착실히 밟아온 사람이 승진을 하고, 우리의 상사가 되니, 그들이 우리에게 '더 자기초월을 하라'고 채근하는 건 어쩌면 당연하다. 그들은 멈춰서 있거나 머물러 있어선 안 된다고 늘 우리를 힐난한다. 비행사들을 전진시키기 위해 끊임없이 리비에르는 이렇게 독백한다.

사람이란 빚기 전의 밀랍덩어리에 불과했다. 그는 이 재료에 영혼을 불어넣고 의지를 창출해야 했다. 그는 사람들을 엄격하게 다스려 굴복시키려는 것이 아니라 그들 자신을 뛰어넘게 할 생각이었다.*

그 과정은 고되지만 '강렬하고 정열적인 삶'을 추동하는 뜨거운 동력으로 묘사된다. 밤 비행처럼 위험이 곳곳에 도사리고 있지만 삶의 지평을 한 단계 성장시키는 밑거름이 될 수도 있으니까. 일을 통해 우린 어쨌든 깊고 넓게 확장되니까.

나도 그랬다. 사회초년병 땐 겁도 없이 완벽주의적인 상사를 만나 '나를 담금질 시켜줬으면 좋겠다. 일에서 완전해지고 싶다'는 변태 같으면서도 순진한 마음을 품었다. 쪼이고 깎이고 마모되고 쓸리는 아픔이 있더라도 '완전한 직업인'으로 조각되고 싶었다. 그럼 더 아름답고 세련되며 반짝반짝 빛나는 인간이 될 것 같았다. 그렇게 나를 조각해 줄 상사가 필요하다고 믿었다(그런데 실제로 그런 상사를 만나곤 매일 통곡의 밤을

* 같은 책, 35쪽.

보냈던 것은 비밀이다).

하지만 그런 자기초월이 끊임없이 갱신되고 궁극에 도달했을 때, 우리가 얻을 수 있는 것, 손에 쥐게 되는 것이 무엇이냐는 질문도 빼먹지 않고 해야 하지 않을까. 자기초월이 맹목이 되면 위험하니까. 아무런 지향점 없이 '자기초월'이란 명목으로 폭주 기관차처럼 스스로를 소멸시키며 내달릴 순 없으니까.

이를테면 완전한 직업인 되기를 구현하기 위해 끝없이 절차탁마한다. 인간적 결함을 제거하고 또 삭제해 나간다. 이제 완전한 100%의 '일터의 자아'를 구현했다. 그런데 그 다음은?

'자기초월'의 화신이 된 리비에르와 리비에르의 대척점에 있는 인물들을 비교해 보면 답이 보일지도 모르겠다. 리비에르에게 만날 갈굼당하는 중간관리자인 로비노는 어떤가. 그는 직원들을 감시하고 질책하고 평가하는 일을 하지만, 상냥하고 여린 내면을 지녔다. 직원들과 친해지고 싶어 한다. 파비앵과 가까워지고 싶어 먼저 다가간다. 아틀란티스의 전설을 믿는다며 사하라에서 가져온 조약돌을 보여준다.

반면 리비에르는 그 반대편에 있다. 사랑도 한번 제대로 못 해봤다. 인생의 모든 찬란한 순간은 일 그 자체를 위해 다 미뤄왔다고 말한다.

르루의 주름 많은 얼굴 앞에서, 리비에르는 갑자기 우스꽝스러운 질문이 떠올라 미소 지으며 물었다.
"살면서 사랑에 빠져본 적이 많나, 르루?"
"오! 사랑이라, 소장님께서도 아시다시피…"
"자네도 나와 마찬가지로 시간이 없었겠지."*

스스로에게 질문해본다. 리비에르처럼 살아야 할까. 로비노처럼 살아야 할까.

이 작품을 쓴 후 11년 뒤 실제로 작품의 주인공 파비앵처

* 같은 책, 23쪽.

럼 비행을 하다가 영구 실종되어 버린 작가 생텍쥐페리. 부캐는 '작가' 본캐는 천생 '비행사'였던 그야말로 답을 알고 있을지도 모르겠다. 여전히 평행 우주 속을 비행하며 어린 왕자를 만나러 갈 것 같은 그에게 묻고 싶다.

우리는 다 별로니
상처 주지도 받지도 말자

에라스무스 『우신예찬』

나는 '애 낳지 마세요'라는 영상으로 화제가 된 50만 유튜버 '오마르의 삶' 구독자다. 그가 '자존감'을 주제로 한 영상에서 한 이 말이 참 허를 찔러서, 종종 되뇐다.

"저는 인간은 다 별로라고 생각해요. 그러니까 너도 별로고, 나도 별로고 우리 다 별로기 때문에 다른 사람 말에 신경 쓸 필요는 없는 것 같아요."

일터에서 타인의 말이 표창이 돼 날라와 내 유리멘탈이 와장창 깨지거나, 취재원, 동료, 상사, 팀원의 어떤 표정, 말투,

기타 등등의 반응에 베인 듯이 상처를 받을 때 이 말을 곱씹는다. 그리고 고개를 끄덕한다. 어쩌면 좀 쌀쌀맞고 비정하게 인간을, 세계를 보는 거다. 당신도 별로, 나도 별로, 우리 모두 다 대동단결로 별로니까. 당신의 말과 반응 따위에 휘둘리지 않겠노라 다짐한다. 대부분의 인간은 교활하고 어리석으니까. 네가 한 얕은 말에 내 존엄을 침해받지 않겠다는 단호한 결단이다.

1511년에 출판된 에라스무스의 『우신예찬』은 '종種으로서 인간이 지닌 보편적인 결함과 단점'을 뼈 때리게 연설한다. 그러니까 인간은 너도 별로 나도 별로 모두 별로니까, 크게 기대도 실망도 하지 말자는 말을 무려 500여 년 전에 더 세련된 풍자 조로 말한 이가 있었던 거다.

일단 어리석을 우愚의 신神인 우신이 자신의 업적을 칭송하는 자화자찬 연설을 빌려서 인간이 얼마나 별로인지를 설파하는 형식이다. 아름다움의 여신 아프로디테, 지혜의 여신 아테네도 아니다. 바보 신, '우신'이다. '어리석음'을 의인화해 이 어리석음에 대한 '스웩'을 시전하는 형식이다. 농담과 재담의 형식을 빌렸지만, 신랄한 풍자와 해학을 머금고 있어 '인간에 대한 기대치'를 떨어뜨려야 할 때 읽으면 쏙쏙 들어온다.

흡사 오늘날 사회 풍자가 가미된 스탠딩 코미디 같은 청량감을 준다. 신문의 만평을 활자화한다면 이런 느낌이겠구나 싶다. 인간 '모두 까기'를 통해 느껴지는 통렬함, 골계미란 게 바로 이런 거구나 싶다. 반어법과 역설법이 주는 통쾌함이 간단치가 않다.

신에게 맹세코 말하거니와, 흔히 멍청이, 바보, 얼간이, 천치 등 내 보기에는 무척 아름다운 호칭들로 이름 불리는 이들은 무엇보다 행복한 존재들입니다. 일견 내가 어리석고 불합리한 주장을 펼치는 듯 보이겠지만, 이것이야말로 무엇보다 진리에 가까운 진리입니다. 우선 이들은 죽음에 대한 두려움이 있으며, 고로 유피테르에게 맹세코 적지 않은 고통에서 해방된 사람들입니다. 양심의 가책으로부터 자유롭습니다. 귀신이야기에 두려워하지 않으며 두억시니나 야차에도 겁을 먹지 않습니다. 목전에 다가온 불행에 떨지 않으며, 장차 다가올 행복에 들떠 나대지 않습니다.*

말발이 청산유수에 입만 살아있는 우신은 본인의 태생부터 장광설로 일장 연설한다. 우신은 전쟁, 평화, 결혼, 계약 등 모든 문명을 주재하는 아버지 '부유'와 어머니 '청춘'의 관계로 태어났다. 여기까진 금수저다. 하지만 만취와 무지가 우신을 키우면서 애가 이상해진다. 우신 곁을 지키는 하인은 총 아홉 명이다. 자아도취, 아부, 망각, 태만, 환락, 경솔, 음란호색, 광란축제, 인사불성이란 이름의 하인들이다.

행복의 섬에서 태어났지만 도처에 이런 나쁜 것들이 우글거리니 냉철하게 사유하지 못하고, 늘상 기만에 빠지며 타인과 쉽게 아귀다툼을 벌여 일을 망친다.

우신은 인간이 이렇게 못나빠진 이유는 대체로 합리적이

* 에라스무스, 김남우 옮김, 『우신예찬』, 열린책들, 2011, 86쪽.

지 못하고, 정념에 휘둘리는 존재여서라고 설명한다. 대략 정념과 합리성의 비율을 24대 1로 본다. 정념의 밭에 합리성을 가물에 콩 나듯 뿌려놨기 때문에 쉽게 감정에 휘둘리고 제대로된 판단을 할 수 없다. 그는 분노와 정욕의 힘센 쌍둥이가 합리성과 싸우는 형국이라, 합리성은 늘 항복할 수밖에 없다고 설파한다.

예컨대 결혼은 사실상 무지와 어리석음으로 지탱되는 것이라 설명한다. 서로 잘못 알고 아첨에 속고, 때론 눈감아주고 모른 척하니 유대가 지속돼서 그렇다. 출산과 양육의 고통을 겪고도 또 아이를 낳는 것은, 어리석음과 친한 '망각'의 힘을 빌려 가능하다.

우신에 따르면 이런 종류의 인간의 어리석음은 '소동극'처럼 보편적이고 일상적이다. 인간은 돈을 엄청나게 긁어모아도 흥청망청 써버린다. 악착같이 무언갈 쌓아두어도 쉽게 허기와 갈증을 느낀다. 남의 일에 오지랖을 부려 사사건건 간섭한다. 그런데 정작 자기 일은 엉망진창으로 말아먹는다. 거짓말도 쉽게 하고, 빈둥거리는 것, 대접받는 것을 좋아한다. 자신들끼리 싸우고 배신하다가 망하고, 타인을 기만하고 아부한다. 진실이 아닌 거짓, 허상에 쉽게 휘둘리며 쾌락만을 좇고 산다.

이런 어리석음의 행태는 '가진 것'이 많은 지배층일수록 더하다. 학자는 대중이 좋아하는 헛소리를 지껄이고 남의 글이나 베껴서 어리석다. 군주는 공익이나 국익보다는 쾌락에 빠져 살아 어리석다. 결국 이런 인간들이 모여있는 곳은 착취와 흉계, 기만과 무고, 비난과 중상모략, 조롱과 악행이 들끓을 수밖에 없다. '인간은 다 거기서 거기고, 대체로 악하고 게으르며 나쁘다'는 것을 풍자적으로 조롱한다.

'북유럽 르네상스'를 이끌었던 인문주의자 에라스무스는 이 우스꽝스럽고 재기발랄한 형식의 연설을 빌어 당시 지배계급이었던 성직자, 군주, 귀족, 추기경, 행정관, 교황, 수도원장의 부도덕을 신랄하게 비판한다. 타락한 교회, 부패와 타성에 젖은 수도자들의 위선을 통렬하게 저격한다. 높은 자리에 있을수록 우신에 쉽게 휘둘리고, 우신의 망령을 따라 어리석게 행동한다는 것이다. 이 책은 당시 큰 파격을 불러와 루터의 종교개혁에 큰 영향을 미치기도 했다. 출간되자마자 유럽 각지에서 호응을 얻어 각국의 언어로 번역돼 파란을 일으켰다.

구교와 신교의 충돌, 당시를 지배했던 가톨릭에 대한 비판의 시대사를 키워드로 읽어도 좋지만, 인간 보편의 본성, '인간다움'이 애시당초 전제할 수밖에 없는 본연의 결점과 약점, 불완전성에 대해 깊이 사유하게 한다. 인간은 다 거기서 거기고, 훌륭한 사람은 조금 덜 어리석은 자일 뿐이라는 우신의 말이 예사롭지 않게 들리는 이유다.

요컨대 에라스무스가 어리석음의 작태를 시시콜콜 장황하게 서술한 대목들을 읽다 보면, 역으로 '어리석지 않게 사는 것'이 과연 가능한가라는 근본적인 물음이 든다. 그가 어리석음을 정념이나 욕망, 비非이성으로 스펙트럼 넓게 해석하고 있어서다. 인간사를 살면서 짐짓 눈감고 속아 넘어가는 것들, 스리슬쩍 모른 척하는 것들 모두를 이성과 반대되는 비이성,

그건 곧 어리석음이라고 해석하는 관점이다. 우리 모두 다 이렇게 얼마큼의 거짓과 위선, 타락을 디폴트로 삼고 살지 않은가. 여기서 예외가 있을까.

어리석음의 반대편에 있는 고결함과 소박함, 지혜와 진실, 금욕과 절제를 지키며 사는 것은 어렵다. 근면과 경건함은 인내를 요한다. 대부분의 인간이 쾌락에 쉽게 넘어간다. 이건 역설적이게도 자로 잰 듯한 '합리성'과 한치의 오차나 습기도 머금지 않는 '이성'만으로 세계가 굴러가고 있지 않음을, 인간을 지배하는 것, 인간의 의사결정을 만드는 것은 이성보다는 파토스, 감성, 정념이란 불편한 진실을 말하는 듯하다.

> 우신은 말한다. "말의 입장에서 문법을 모른다고 해서 전혀 불행할 것이 없는 것처럼, 인간의 입장에서 어리석음은 하등 불행일 수 없습니다. 그것이 인간의 천품인 까닭입니다."*

그래서인지 '여기도 사람 사는 동네' '이것도 사람이 하는

* 같은 책, 80쪽.

일'이란 말은 가끔은 이중적인 의미로 들린다. 사람 사는 곳이라 따뜻하고 정감 있기도 하지만, 옳지 않은 일, 비이성적인 일, 비합리적인 일도 종종 벌어진다. 중상모략과 시기·질투의 음험한 계략도 다반사다. 그 와중에 인간은 서로 상처를 주고받고 할퀴고 오해하기 쉽다.

누가 한 말로 상흔을 입을 때, 그 말에 내가 휘둘린다고 느낄 때, 타인이 나를 어떻게 생각할지에 골몰할 때, 간혹 나의 기준과 원칙까지 무너진다고 느낄 때가 있다. 그럴 땐 '니 까짓게 뭔데'라고 응수한다. 또 이렇게 생각해본다. 당신은 별로, 우리 모두 다 별론데 당신 말 따위에 괴로움을 받지 않겠노라고. '우신'의 전사 중 한 명인 망각과 자아도취가 이 일도 금세 잊게 만들겠노라고.

일터에서 필생의 악연을 만난다면

존 윌리엄스 『스토너』

'강가에서 살려면 악어와 친해져야 한다.'* 이 말을 종종 되뇐다. 강가는 일터. 악어는 힘듦 그 자체. 적適, 악惡의 존재다. 악어는 실체적이다. 소시오패스 상사거나 미운 파트너. 신경을 긁는 동료, 개념 없는 후배다. 이런 관계는 째깍째깍 경보음을 울리는 시한폭탄 같다. 참다 참다 한바탕 굉음을 내며 사고가 터지기 쉽다. 무방비 상태로 강가에 나갔다가, 갑자기 흉포한 악어가 나타나 우리의 선한 마음을 오도독 부숴버리고, 내면을 질겅질겅 씹어 먹으며, 영혼을 갈기갈기 찢어버릴

* 보경 스님, 『고양이를 읽는 시간』, 불광출판사, 2020.

지도 모른다.

문제는 살려면 무조건 강가로 물을 길러 나가야 한다는 것이다. 어떻게서든 악어를 맞닥뜨릴 수밖에 없다.

나도 그랬다. 어느 부서로 옮기든, 누구와 일하든 항상 악어가 있었다. 악어와 만나면 싸웠다. 멱살잡이 하면서 육탄전으로 가는 싸움을 한 적은 없지만 전화로든 카카오톡으로든 왕배덕배 악다구니를 쓰며 다퉜다. 아락바락 성을 내고 꽥꽥 소리를 질러댔다. 그렇게 화를 내고 나선 내내 부글부글 했다. 인중이 부르르 푸르르 떨렸다. 여파가 꽤 갔다. 너덜너덜한 내면의 폐허를 맛봤다. 앙심을 품든 관계가 겸연쩍어지든 복수를 계획하든 불편하고 거북한 감정은 내내 이어져 직장생활을 가시덤불로 만들었다.

존 윌리엄스의 소설 『스토너』의 스토너를 그런 때 떠올린다. 질 가능성이 높거나 이기든 지든 그 전쟁의 상흔이 만만치 않을 것 같아도 불구하고. 일터에서 이 건은 반드시 짚고 넘어가고, 싸워야만 한다고 생각될 때, 스토너의 인생 '싸움

장면'을 보고 기를 모으게 된다.

평소에 소심하고 착한 사람이 성이 나면 얼마나 무서운지, 본때를 제대로 보여주는 주인공을 보면 묘하게 대리만족을 하게 된다. 모든 일에 어설프고, 소극적인 스토너지만 싸워야 할 때는 한 치의 물러섬이 없다. 타협도 양보도 절대 하지 않는다.

윌리엄 스토너는 1910년, 열아홉의 나이로 미주리 대학에 입학했다.*

이렇게 시작하는 이 소설은 스토너의 영문학자로서의 삶을 성실하게 따라가는 전개다. 스토너는 너드남이다. 쌈닭도 아니고 호전적이지도 않고 특별하게 학문적 야심이 강한 사람도 아니다. 그저 공부밖에 모르고 교육자로서의 직업적인

* 존 윌리엄스, 김승욱 옮김, 『스토너』, 알에이치코리아, 2015, 8쪽.

하루를 성실히 살아가는 데 몰입할 뿐이다.

대체로 서툴며 매사가 어설픈 그가 인생에 딱 두 번 매우 '단호해지는 순간'이 있다. 그건 농업의 대를 잇길 원하는 아버지에게 영문학도로 직업을 택했다고 잘라 말하는 대목. 그리고 동료 로맥스가 총애하지만 학문의 기본도 돼 있지 않는 제자 찰스 워커의 박사학위 면접 날 '불합격'을 주는 그 순간이 그렇다.

> 스토너는 가차없이 질문을 계속했다. 처음에는 워커와 로맥스 두 사람 모두에게 분노를 느꼈지만 나중에는 분노가 일종의 연민과 지독한 유감으로 변했다. 스토너는 자신이 몸에서 빠져나와 냉정한 태도로 치명적인 질문들을 계속 던지는 자신의 목소리를 듣고 있는 것 같았다.*

스토너가 이렇게 분노한 건, 찰스 워커가 영문학의 기본에 대해 대답을 하지 못하고 있는 데다 허영과 잔꾀에 가득찬 박

* 같은책, 224쪽.

사학위 지망생이란 걸 알아서다. 말만 번지르르 일타강사처럼 하는데, 실상은 '교수 찬스'만 바라고 있다. 중세 대표 희곡문학이 뭔지, 앵글로색슨 작시법의 원칙이 뭔지 같은 기초적인 질문에 대답을 아예 하지 못한다. 그는 스토너의 수업에 들어가 깽판을 치고, 박사학위 면접 때는 지도교수인 로맥스와 결탁해 짜맞춘 듯한 답변만 늘어놓는다. 신체적 기형을 가진 그는 똑같이 왼팔이 불구인 로맥스와 끈끈하게 연결돼 있다. 하지만 스토너는 로맥스의 개입에 개의치 않고 찰스 워커에게 '불합격'을 준다.

스토너는 로맥스가 총장과 친분이 두터운 데다 곧 학과장이 될 것이라는 점, 그의 심기를 건드리면 교수 생활이 내내 고달파진다는 걸 알면서도 물러서지 않는다. 학문에 있어서만큼은 엄격하게 지켜내고자 하는 강한 신념이 있어서다. 스토너는 교육자로서 찰스 워커 같은 사람이 대학에 와서는 안 된다고 판단한다. 여기엔 정치적 이해타산 따윈 없다. 사내정치나 잔머리에 휘둘리지 않고 정공법대로, 원칙대로 행동한다.

문제는 그런 스토너의 행동이 로맥스의 '역린'을 건드렸다는 점이다. 그는 스토너에게 교육자가 되길 적합하지 않고, 학식과 편견에 의해 잘못된 판단을 했다며 저격한다. 그리곤 종신교수인 스토너에게 해고만 안 했지 할 수 있는 몹쓸 일은 아낌없이 하며 앙심을 품고 보복한다.

고급 문학 수업에 관심 있는 그에게 작문과 개론 수업만 맡긴다. 시간표도 들쭉날쭉하게 해 아무것도 할 수 없게 만든다. 설상가상으로 찰스 워커는 박사가 된다. 생애 유일한 사랑 캐서린 드리스콜도 로맥스의 계략을 알게 돼 헤어지게 만들어 버린다. 하지만 스토너는 괘념치 않는다. 그가 한 선택을 후회하지도 않고, 로맥스에게 분풀이를 하지도 않는다. 묵묵하게 꿋꿋하게 자신의 할 일을 하며 살아갈 뿐이다. 어쩌면 그 일생일대의 전투에서 스토너가 판정승을, 로맥스는 '의문의 일 패'를 한 것처럼 보인다. '(그럼에도 불구하고) 타협할 수 없는 가치에 있어서는 (지더라도) 끝까지 맞서 싸워야 한다는 것'을 스토너는 삶으로 보여주고 있다.

로맥스가 스토너에 대해 갖고 있는 오해, 그에 대한 스토너의 반응은 모든 인간관계 갈등의 원형을 함축해서 보여주는 지점이 있다. 우선 로맥스는 자신이 가진 신체적 불구에서 오는 열등감, 그로 인한 콤플렉스를 스토너에게 투사하고 미워한다. 이 같은 행동은 일종의 '투사'에 가깝다. 심리학에서는 투사를 개인의 성향인 태도나 특성에 대하여 다른 사람에게 무의식적으로 그 원인을 돌리는 심리적 현상으로 설명한다. 로맥스의 투사는 이런 문장에서 잘 표현되어 있다.

> 그는 자신의 기형적인 외모 때문에 고립된 생활을 할 수밖에 없었고 일찍부터 스스로 이해할 수 없는 수치심을 느꼈으며 자신을 방어할 방법을 떠올릴 수 없었다고 마치 다른 사람의 이야기를 하듯 털어놓았다.*

마치 스토너를 자신에게서 떼어놓을 적의를 찾아내서 꼭 움

* 같은 책, 139쪽.

켜쥐고 있는 것 같았다.*

투사는 개인의 고유한 역동과 콤플렉스에 기반하고 있어서, 풀기도 알아차리기도 어렵다. '그냥 왠지 모르게 싫은 사람' '주는 거 없이 미운 사람'이 부지불식간에 되어 버리는 것이다. '그거 그 사람이 널 싫어해서가 아니라, 네 열등감의 문제야'라고 말해주는 사람이 있지 않는 이상 자각하기도 어렵다. 그러니까 이런 관계는 피하거나 정면충돌하거나 둘 중 하나밖에 출구가 없다.

인성이 문제인 사람들, 합당하지 않은 것으로 상대방을 공격하고 윽박지르고, 따돌리고 상처를 입히는 사람들을 일터에서 간혹 만나게 된다. 그런 사람 중 일부는 영향력이 있고 힘이 세다. 나는 약해서 된통 당할 수밖에 없다. 약오르고 분하다. 하지만 그럴 때 스토너를 생각하며 이 대목을 곱씹는다.

* 같은 책, 142쪽.

불의를 당하는 것보다 불의를 저지르는 것이 더 나쁜 일이다.

플라톤의 고르기아스*에 나오는 이 잠언은 불의를 저지르는 것은 수치심을 느껴야 하는 일이고, 불의를 당하는 것은 떳떳한 일이라고 말한다. 두 가지를 수평에 달아놓고 비교하면, 전자가 훨씬 더 악한 일이라는 것이다.

현대사회가 주입하는 가치는 반대다. '자아'를 강조하는 광고나 대중문화 탓인지 '호구 잡혔다' '바보처럼 당했다' '거절을 못했다'는 것은 '타인에게 상처를 줬다' '공격했다'는 것보다 더 남부끄럽고 비참한 일로 인식된다. 오히려 타인을 이겨먹고 내가 승리하는 것만 권한다. 스스로를 견고하게 방어하고 수비하라고 한다. 그러다 보니, 일터에서 타인에게 모질게 굴고 상처를 주는 일에 우리는 무감해져 가는 게 아닐까. 설령 불의를 저지르더라도 불의를 당한 것이 아니었으니 괜찮다고 여기는 것 아닐까.

* 플라톤, 김인곤 옮김, 『고르기아스』, 이제이북스, 2014, 186쪽.

스토너는 자신만의 방식으로 강가(일터)의 악어(적)를 조련하는 방법을 보여준다. 어쩌면 그는 영문학의 세계를 너무 사랑해서, 로맥스를 별로 의식하지 않고 살아가는 것 같기도 하다. 강가 그 자체의 풍광을 너무나 사랑해, 악어 따위는 개의치 않는 경지에 이른 것만 같다. 그런 스토너의 차분함과 단호함, 고요함과 엄밀함을 존모했다. 설령 싸움에서 지더라도, 일생을 로맥스의 괴롭힘에 시달려야 한대도 말이다.

그리고 살면서 만나게 되는 필생의 악연 같은 존재들, 로맥스 같은 사람들과의 결투를 섬찟하지만 묵묵하게 받아들여야 한다는 생각도 했다.

내 안의 악어든 밖의 악어든 악어를 잘 다스리는 것이 필연이니까.

이 악어를 잡으면 또 다른 악어가 나타난다. 강가는 강가가 아니라 악어 동물원일 수도 있다는 걸 이젠 알았다.

오해하고 할퀴는
직장 인간관계의 본질

안톤 체호프 『관리의 죽음』, 『공포』

일터에서 타인의 오해로 속앓이를 했다. 왜 오해하는지 몰라서 답답했지만, 대놓고 물을 수 없었다. 일로 만난 사이라, 깊은 대화까지 하는 건 겸연쩍어서. 그런 갈등이 쌓이고 쌓여 관계의 파국이 생긴 적도 적지 않다. 불편한 마음을, 상처받은 속내를 슬그머니 티 냈던 적도 있다. 여전히 그 오해인지 사실인지 모를 그 이슈들은 미제다. 봉인되어 꽁꽁 묶여 있다. 내면 심해에 가라앉아 있는 '오해 상자'가 여러 개다. 가끔씩 이 '오해 상자'들은 뽀글뽀글 물거품을 내며 수면 위로 위용을 드러낸다. 그럼 정색하고 꿈에서라도 상대에게 묻고 싶다. 인간 대 인간으로서. "당신, 그때 나한테 왜 그랬나요. 내가 뭘 불편하게 했길래."

안톤 체호프의 단편집 『관리의 죽음』을 읽다 보면 관계의 오해에서 오는 번민이 나만의 문제가 아닌 것 같아서 묘한 안도감이 든다. 그리고 처연해진다. 오해 자체가 필연적이고 불가피한 것 같아서. 그건 관계의 본질이고 불가항력적인 조건 같아서. 우리는 아무리 많이 맥주를 마시고 뒷풀이를 가고, 커피를 마시며 대화를 해도, 그 한계를 넘어설 수 없는 것 같아서.

회계원 이반 드미트리치 체르뱌코프는 오페라를 보다가 괴성을 지르며 재채기를 한다. 그런데 맙소사. 앞자리에 운수성에 근무하는 브리잘로프 장군이 앉아있는 게 아닌가. 본인의 직속 부서장은 아니지만 높으신 양반에게 침을 튀어 큰 폐를 끼친 것 같다. 그는 연신 사과를 한다. 장군은 괜찮다고 공연이나 보자고 한다.

이때부터 비극이 시작된다. 체르뱌코프는 용서를 구했지만, 불안해서 쉬는 시간에 찾아가 또 사과한다. 장군은 잊어

버렸다며 그만하라고 신경질을 부린다. 그 화를 제멋대로 해석하는 체르뱌코프. 혼자 장군의 마음을 어림짐작하고, 번뇌는 커져만 간다.

잊어버렸다고 하지만 눈에는 원한이 담겨 있는 걸.*

말도 안 하려고 하네. 내가 전혀 그럴 의도가 없었다고 해명을 해야 될 텐데… 재채기는 자연의 순리라고 말이야. 안 그러면 내가 일부러 침을 튀긴 거라고 생각할 거야. 지금은 그런 생각을 안 하더라도 나중에 그러겠지!

집에 돌아온 체르뱌코프. 아내는 한술 더 뜬다. 다시 사과하라고 부추긴다. 예절이 없는 사람이라고 흉볼 거라고. 다음 날 체르뱌코프는 새 관복까지 입고 멀끔하게 면도까지 한 채로 다시 장군을 찾아간다. 장군은 '그래서 어쨌다는 거냐'라고 응수하고, 체르뱌코프는 그걸 '말하기 싫다'는 반응으로 해석한다. 장군의 일이 끝날 때까지 기다린다. 체르뱌코프는

* 안톤 파블로비치 체호프, 박현섭 옮김, 『체호프 단편선』, 민음사, 2002, 9쪽.

'재채기는 본의가 아니었다'고 다시 말하고 체르뱌코프는 울상을 지으며 '나를 놀리는 거냐'고 대꾸한다. 체르뱌코프는 이 말을 또 곡해한다. 그런 뜻이 아니었다고, 또 장군을 찾아가고, 장군은 노발대발하며 '꺼져'라고 고함을 지른다.

이 한편의 농담 같은 짧은 단편소설은 서로의 의사를 곡해하고 어림짐작으로 오해하고, 그 엉킨 실타래를 적극적으로 풀려는 시도가 오히려 더 큰 파국을 초래하는, 소통의 모순과 어긋남을 적나라하게 보여준다. '괜찮으니 그만하라'는 말을 곧이곧대로 듣지 못하고, 계속해서 비틀어서 해석하는 주인공을 통해 맥락과 상황, 관계의 위치에 따라 우리가 주고받은 대화가 얼마나 쉽게 어긋나는지. 말과 반응이 의미의 과녁을 정밀하게 타격하지 못하고 얼마나 어설프게 비껴가는지를 여실히 보여준다. 구로사와 아키라 감독의 영화 〈라쇼몽〉처럼 같은 일을 놓고도 모든 사람들의 진술이 엇갈리며, 해석도 다른 것처럼 각자가 해독하는 뜻은 크게 차이가 난다.

그렇다면 조금 더 친밀한 관계, 서로 존중하고 사랑하고 욕망하는 관계라면 다를까. 속내를 더 드러내고 한 걸음 더 다가가서, 정직하게 자신을 보여주면 이해가 일어날까. 체호프의 또 다른 단편 『공포』는 그에 대한 답을 제시하는 것 같다.

이 소설은 친구의 아내를 사랑하는 '나'의 이야기다. 그는 친구의 지성과 신념과 학식과 덕망을 존경하지만, 그의 아내를 사모하기에 이런 '불편한 감정'을 품고 있다. 그는 이를 '거북한 압력'이라고 표현한다.

> 그러나 그가 자신의 내밀한 속마음을 털어놓으며 우리의 관계를 진정한 우정이라고 말했을 때, 내가 왠지 꺼림칙하고 부담스러워했던 기억이 생생하다. 나에 대한 그의 호감 속에는 무언가 거북한 압력이 담겨 있었기 때문에 나로서는 그냥 평범한 친구 사이로 지내기를 원했던 것이다.*

문제는 '나'가 그토록 연정을 품었던 대상, 친구의 아내 또한 나를 똑같이 좋아하고 있었다는 점을 알게 됐을 때. 서로의 마음을 확인하고 내가 짝사랑이 아닌 쌍방향의 사랑을 하

* 같은 책, 14쪽.

고 있다는 점을 확인했을 때조차 그의 '거북한 마음'이 지속된다는 점이다.

> 나에 대한 그녀의 사랑 속에는 드미트리 페트로비치의 우정과 마찬가지로 거북하고 부담스러운 그 무엇이 있었던 것이다. 이것은 눈물과 맹세를 담고 있는 심각한 사랑이다. 하지만 나는 결코 심각한 것을 원하지 않았다. 눈물도, 맹세도, 미래에 대한 이야기도.*

그러니까 나는 친구의 아내를 사랑해 친구의 우정이 부담스럽지만, 친구와의 관계 때문에 친구의 아내가 내게 갖는 열정이 또 거북하다. 그러니까 둘 다 거북하다. 나는 두 관계 모두에서 심각해질 수도 깊어질 수도 없어서 결국 떠나버린다. 어쩌면 친구도 친구의 아내도 사랑하지 않은, 염세적이고 피상적인 인간처럼 보이기도 한다. 인간은 대개 간사하고 우유부단해, 한순간 사랑한다는 감정 그 자체에 매혹될 순 있지만, 결국 자기 자신을 가장 사랑할 수밖에 없다는 진실을 보

* 같은 책, 32쪽.

여주는 듯하다.

『공포』에서 이런 피상성으로부터 벗어나 있는 인물은 폐인에 망나니처럼 사는 가브릴라 세베로프밖에 없다. '40명의 순교자'라는 별명을 가진 그는 술과 방탕에 빠져 있다. 귀족으로 태어났으나 신학교를 다니다 담배를 펴 퇴학을 당하고, 수도원에 살다가 나약하다는 이유로 쫓겨난다. 하인, 수위, 산지기 일을 하다가 바람난 과부 요리사와 결혼했고 사냥꾼인 척하면서 떠돌이 인생을 사는 그는 자유로워 보인다. 쉽게 속내를 드러내고 느낀대로 생각하고 생각하는 대로 떠든다. 그의 말은 비껴감 없이 정확하게 과녁을 정조준한다. 사회와 문명과 체면과 위신을 따지지 않고, 거침없이 사는 인생이어서 가능하다.

하지만 나를 비롯해 마리야도 실린도 '40명의 순교자'처럼 살 수 없다. 지켜야 할 것들이 많으니까. 찰나의 정념에 이끌리는 삶을 살 순 없으니까.

'타인은 지옥이다'는 말에 반쯤 동의한다. 애석하게도 일로 만난 사이에선 더더욱. 이게 진실인 경우가 왕왕 있다. 구조적으로 그렇다. 동료에게서 친교, 우정과 친밀감을 느낄 수도 있지만, 오해와 반목, 갈등과 상처를 주고받기도 쉽다. 기본적으로 이윤 창출을 위해 존재하는 공동체의 구성원이고, 서로 경쟁하는 관계여서다. 그래서 '세상은 사람으로 이뤄진 가시덤불'*이라는 말도 반쯤 동의한다. 자칫 방심하다간 온몸에 철심 같은 바늘이 두두둑 박혀버릴지 모르니까. 안 찔리려면 스스로 여린 살갗을 보호하기 위해 갑옷을 둘러야 하니까.

어떤 날은 '오해 상자'의 봉인을 풀지 않는 것이 낫다는 생각도 한다. 시간을 두고 기다리다 보면 오해가 이해로 스르르 녹지 않을까. 결국 '시간이란 마법사'가 해결해주는 게 있지 않을까. 그렇다면 그 상자들을 다 풀어 헤치기보다는 쟁여두는 게 낫지 않을까.

* 손홍규, 『이슬람 정육점』, 문학과지성사, 2010, 111쪽.

그렇게 뽀글뽀글 올라오는 '오해 상자'의 물거품을 초연하게 관조해 본다.

#퇴근길 농담

업무 메신저 쿠션어 사용법

톡이나 메신저를 많이 쓴다. 원격 업무 소통이다. 이제 우리는 모여서 회의를 하지 않아도 된다. 얼굴 맞대고 만나 일할 때 소요되는 이동과 시간, 공간과 거래 비용이 획기적으로 줄어들었다. 우리는 초연결돼 있다. 언제든 카톡이나 사내메신저, 텔레그램의 텍스트로 업무톡이 가능하다. 재택근무도 많아졌다. 보고나 미팅도 텍스트로 이뤄진다.

하지만 비대면 업무 톡의 텍스트는 감정을 전달하지 않는다. 무감하다. 어떤 표정과 태도, 몸짓으로 말하는지 텍스트만 봐선 알 수 없다. 활자는 비언어적 정보가 없다. 그래서 우리는 차선책을 발명했다. 쿠션어를 많이 쓰는 것이다. 이모티콘이나 특수기호나 'ㅎ' 'ㅋ' 같은 자음, '!' '~' 같은 기호를 붙인 그 쿠션어 말이다. 다만 이런 종류의 비언어적 표현은 메뉴얼이 없다. 회사, 업종, 세대, 직급별 표준 가이드라인도 없다. 뜻풀이도 없다. 개인차도 심하다. 적지 않은 오해도 불러온다.

나는 적극·능동·과다 사용 유형에 들어간다. 딱딱하게 구어체 그대로의 글자만을 옮겨 소통하지 않는다. 예컨대 상사에게 "기사 올렸습니다. 마감했습니다. 네" 이런 식으로 반응하지 않는다. 그렇게 보내면 뾰로통하거나 퉁명스럽거나 차가워보일 것 같다. (생긴 게 그래서 오해를 많이 받아 글로라도 상냥해 보여야 할 것 같아 더 그런다.)

이거 올렸어요~
네 곧 마감했습니다!
네네 알겠습니다ㅎ

말 끝에 '~' '!' 'ㅎ'을 잘 붙인다. 이게 내가 주로 쓰는 기호다.

물결 표시 같은 이모티콘을 붙이거나 점을 많이 달거나. 하'잉'체를 쓰거나. 뭐 그렇게 쿠션어를 쓴다. 이건 마치 활자에 붙는 보디랭귀지 같다. 보디랭귀지 없는 활자는 무표정한 사람의 얼굴 같이 느껴지고, 그 얼굴은 무뚝뚝하고 창백해 보인다.

내 또래 세대가 공유하는 문화인지 나만 유독 그런 건지. 10여 년 가까운 기자 생활 동안 메신저를 쓸 때 쿠션어 없이 의사소통을 하면, 오히려 그게 불편함, 불쾌함, 딱딱함을 표현하는 용례로 느껴졌다. 제일 무서운 게 후배의…

네

라는 한 글자. 부장의

어

라는 한 글자다. 뭐지? 불만 있나? 내가 싫나? 뭘 잘못했나? 왜 토라졌지? 이런 생각을 불러일으키니까. (특히 제일 무서운 건 후배의 안읽씹이다.)

오히려 바쁘고 팀원 간 협업이 많을 때는 상대에 대한 배려, 관용, 예의 차원에서 쿠션어를 과잉 사용한다. (우리 업계의 문제인 건지, 개인의 문제인 건지, 연령의 특수성인 건지, 성별의 문제인 건지 잘 모르겠다.) 특히 마감을 앞두고 큰 기획 기사가 떨어졌을 때는 손발이 빨리빨리 착착 잘 맞아야 하는데, 그러려면 의사소통의 양이 많고, 발화량도 많고, 빨리 답을 받아야 한다. 주로 이런 말을 많이 쓴다.

이거 지금 올려줘!!!!!!!!!!!!
고마워요~~~~~~~~~~~~~~~~
우와 대박ㅎㅎㅎㅎㅎㅎㅎㅎㅎ

오해 없이 속전속결로 대화하기 위해서, 이왕이면 내가 부드럽고 친절해 보이는 게 좋으니까 불편감의 이물질이 대화에 1도 끼지 않게 하기 위해서 말이다. 새침해 보인단 소리를 많이 들어서, 그 인상으로 초래되는 오해를 없애기 위해 유난히 발달시킨 사회화의 작용 같기도 하다. 그러니까 매번 글로

하는 소통인데도 엄청난 감정 소모를 하는 느낌이다.

물론 메일을 쓰거나 공적인 문서에선 이러지 않는다. 유난히 구어체에 가깝게 느껴지는 업무상 메신저 톡을 할 때, 이런 경향이 뚜렷해진다. 이모티콘으로 된 쿠션어를 많이 붙이게 되고, 언젠가부터 그게 내 말투, 풍모처럼 너무 자연스러운 것이 돼버렸다. 특히 코로나19를 거치며 비대면 문화가 한창 발달해, 모든 일을 메신저 톡으로 해야 할 때 이런 성향이 더욱 강화됐다.

쿠션어 사용에서 미묘한 권력 관계를 감지한 적도 많다. 상사나 연공서열 상위에 있는 사람은 아랫사람에게 쿠션어, 특수기호, 이모티콘을 안 쓰고, 반대의 경우는 쓰는 경우가 그런 케이스다. 이건 마치 아랫사람이 상급자에게 '아양'(?)을 떨거나, 혼자 '애기어'를 쓰는 것처럼 느껴지는 이상한 문어적 대화 패턴을 초래하기도 한다. 하급자기 때문에 감정노동을 하는 것처럼 느껴지는 것이다.

쿠션어 사용을 하지 않는 선배에게 나도 쿠션어를 쓰지 않아 뭔가 미묘한 기싸움이 감지된다 느낀 적도 있다. ~, !, ㅎ 같은 단어를 말 끝에 안 붙이면 왠지 모르게 퉁명스럽고 중뿔난 사람처럼 보여지는 거다. (나는 2012년에 입사한 1985년생이다. 내가 주니어 시절엔 그랬다.)

실제 동료와 쿠션어 없이 말을 할 때, 어떤 부정적인 정서 표현을 느낀 적도 적지 않다. '당신과 그만 대화하고 싶어요'라든가. '너한텐 쿠션어 사용을 할 정도의 정성을 쏟고 싶지 않아'라든가. '너랑은 일로만 얘기할 거야' 같은 무언의 표현이 쿠션어를 사용하지 않는 것으로 드러나는 것이다.

어떨 땐 일터에서 쿠션어 과잉 사용 자체가 감정노동처럼 느껴지는 경우도 있다. 표정이나 목소리가 들어가는 게 아닌데, 이건 내가 쏟아내는 말에 표정과 목소리를 부여하는 언어적인 듯 비언어적인 수사 같이 느껴지니 말이다. 그래서 일터에서 활자를 씀에도 엄청나게 많은 표정과 제스처를 넣어 말하는 듯한 느낌이다. 이모티콘을 쓸지 서술어를 활용할지, 다른 약물기호를 쓸지, 말 끝에 '~'을 붙일지 'ㅎ'을 붙일지 쿠션어 사용에도 많은 언어적 선택이 필요하다.

어떤 사람은 딱딱한 사무를 처리할 땐 쿠션어를 일절 안쓰고. 쿠션어가 그냥 활자에 녹아들도록(쿠션어를 사용하지 않아도 마치 사용한 것처럼) 말을 한다고 들었다. 그게 프로페셔널하고 단호해 보이니까. 예전에 취재원으로 만난 교수님이 학생들 이메일에 쿠션어가 들어가면 일절 읽지 않는다는 얘기도 들은 적 있다. 너무 많은 쿠션어를 쓰는 건 뭔가 진중해 보이지 않는다는 인식이다.

어쨌든 직장에서 쿠션어 적극, 능동, 과다 사용자로서 나도 좀 줄여 나가야 하는 건지 어째야 하는 건지 고민에 빠졌다. 쿠션어에 대해서 동시대인들은 다 어떻게 생각하는지. 나와 글자로 소통하는 사람들은 내가 너무 쿠션어 상향평준화를 도모하는 거로 느껴지는지, 이것 역시 연구와 공론화가 필요하지 않을까. 쿠션어 사용 패턴이 나라마다, 문화마다 조직마다 다른 건지. 세대별 특징이야 당연히 있을 거고 직업군마다 유의미한 차이를 보이는 건지 카톡이나 인스타그램 같은 SNS플랫폼 별로 특징이 있는 건지 이런 것도 탐구해볼 만한 가치가 있다. 실제로 미국인 친구는 이모티콘으로 된 쿠션어를 기껏 써봐야 옆으로 누워진 웃음 기호인 :) 정도를 쓰는 경우만 있다고 들었다. 그렇다면 우리나라는 쿠션어를 다소 과용하는 축에 속할 것이다.

그러니까 쿠션어 대백과까진 아니지만 어느 정도 쿠션어 용례에 대해서도 합의를 위한 사회적 대타협이 이뤄져야 하지 않을까?

3부

인정받고 싶은 마음

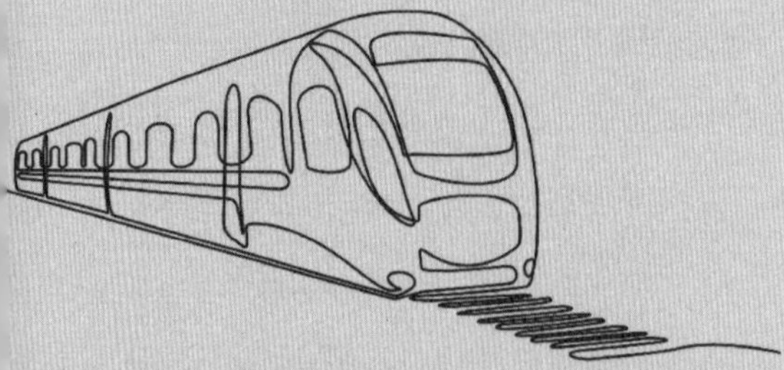

일터에서 죽기 살기로 용기 내야 할 때

마르쿠스 아우렐리우스 『명상록』

자신을 기억하는 사람도 모두 곧 죽고 그다음 세대도 죽을 것이다.*

로마 황제 마르쿠스 아우렐리우스의 『명상록』에 이런 대목이 나온다. 일터에서 초인적인 용기가 필요할 때 이 말을 자주 되뇐다. 기자로서 박력과 당돌함을 젖 먹던 힘까지 짜내야 할 때가 있다. 그럴 때 나는 엉뚱하게도 '죽음'과 '지속의 사라짐'을 떠올린다. '어차피 너도 나도 다 죽을 건데 망해도

* 마르쿠스 아우렐리우스, 천병식 옮김, 『명상록』, 숲, 2005, 55쪽.

이판사판이지 뭐' 하는 마음을 끌어올리기 위해서다. 태생이 소심한 나는 이렇게 '끝' 지점까지 전위적으로 상상해야 땀꾸멍까지 용기를 쥐어짜낼 수 있었다.

낯선 일을 돌파해야 할 때, 위험을 감수하고 어떤 무대의 한가운데 서야 할 때, 높은 직위의 누군가에게 자신감 있게 다가가야 할 때. 그럴 때 '죽음'을 생각했다. 그러면 투지가 샘솟았다. 한 명의 직업인으로서 (선천적으로 갖추지 못해) 절박한 덕목이었던 용기가 불끈 솟아났다.

용기와 저돌성이 요구되는 일은 대개 뒤따르는 두려워질 상황, 거절로 인해 받을 상처, 망해버리는 장면에 대한 예기치 못한 불안 탓에 행하기가 어렵다. 예컨대 기자회견장에서 질문을 했는데 목소리에 '삑사리'가 났다. 버벅거리거나 어눌한 말로 호사가들의 웃음거리가 된다. 짤로 돈다. 수치심을 느낀다. 하지만 그런 일조차 종래에는 잊혀진다. 설령 그 일을 기억하는 사람들이 있다 한들 언젠간 그들도 다 죽는다.

당도할 22세기가 되면 내가 살았다는 사실조차 잊혀진다

(나는 1985년생이어서 2100년이 되면 115살인데 그때까지 살 가능성은 희박하다). 해내지 못한 모든 행위는 흩어지는 공기 속으로 흔연하게 사라져 0이 된다. 이렇게 과감하게 시계를 넓혀 생각해보면 모든 필요한 일을 저지름에 대범해질 수 있다(지금 이 책도 대범하게 쓰고 있다).

'안 되면 말고' 정신과 함께 이런 문장을 머금고 일을 처리했다. '어차피 죽을 것, 한번 해보고 죽지 뭐. 까이면 할 수 없지. 그조차 죽으면 아무도 모를 텐데 뭐.'

로마 황제 마르쿠스 아우렐리우스가 쓴 『명상록』은 지금으로 치면 대통령 회고록 혹은 수상록이다. 2000여 년의 세월을 가로질러 '청백리 관료가 자신을 다독이고 채찍질하려고 한 자, 한 자 써내려 간 다짐 조의 수기' 같은 느낌의 책이다. 아우렐리우스는 시간이 지나면 아무도 너의 이름을 기억하지 못할 것이란 말을 거듭한다. 그것이 이성, 섭리, 질서, 보편, 본성, 우주의 원리라고. 우리를 앞선 그 누구도 결국 짧은 삶을 살다 죽었기에 삶에 어떤 일이 일어나더라도 기꺼이 받아들이고 꿋꿋이 견디고 현실을 충실하게 살아가라고 조언한다.

아우렐리우스가 살았던 시대엔 세계를, 지배적 이성이 컨트롤하는 코스모스적이고 정돈되며 완결된 기하학적인 것으로 전제했다. 명상록의 백그라운드가 되는 정조는 운명론적이며 필연적인 세계관, 우주관을 바탕으로 한다. 읽다 보면 죽음과 고독과 삶에 대한 보편적 허무감과 처연한 정서가 느껴지기도 한다. 그런데 역설적으로 이런 분위기가 삶의 싱그러움, 정열과 생동감을 북돋아주는 강한 반동도 일으킨다.

유장한 시간 속에 있는 작디작은 존재로서의 나를 원격으로 인식하는 것은, 나의 영역과 반경을 보다 자신 있게 확장시키게 도와준다. 그러니까 이 책은 '어차피 다 죽을 건데, 뭐가 부끄럽냐. 우물쭈물하지 말고 일단 해보자'는 인생 좌우명을 굳건하게 만들어 주었다. 이동진 작가의 명언 "녹스는 것보다 닳아 해지는 게 낫다"의 윤리학과도 통하는 얘기다.

『명상록』의 기반이 되는 스토아 철학은 인생의 무상함, 그럼에도 견지해야 할 도덕적 정진, 인류에 대한 관용을 논설한다. 시대는 엄혹했다. 알렉산드로스 대왕이 거대제국을 건설해 나가는 과정에서 개인은 도시국가라는 자족적인 활동 공간을 빼앗겼다. 광활한 제국과 상대적으로 왜소해진 개인 사이에 생겨난 불균형을 극복하기 위해 철학이 필요했다. 스토아 철학은 세계는 질서정연하며 신적인 이성과 사물의 본성에 맞게 일어난다고 간주한다. 현인들은 모든 고통을 기꺼이 받아들이고 꿋꿋이 참고 견디는 것이 미덕이라 설파한다. 그런 철학적 사고의 모태는 이런 문장들을 통해 나타나 있다.

> 인간이 사는 시간은 한순간이며, 그의 실체는 유동적이고 그의 지각은 불분명하다. 인간의 육신의 요소는 모두 썩게 되어 있고, 그의 혼은 하나의 소용돌이다.*

> 길든 짧든 남은 인생을 네 본성이 원하는 대로 사는 것으로 만족하라. 따라서 네 본성이 무엇을 원하는지 숙고하고, 그 밖

* 같은 책, 37쪽.

의 다른 어떤 것에도 미혹되어서는 안 된다.*

물론 '죽음까지 사유해야만 해낼 수 있는' 도전들이 항상 자긍심을 주는 성공으로 이어지진 않는다. 맹독에 쏘인 것처럼 쓰라린 정념을 느끼게도 한다. 좌절, 절망, 괴로움, 고독, 슬픔, 수치심, 중압감, 외로움, 고뇌, 모멸, 피로, 치욕, 모욕… 같은 감정 말이다.

하지만 그런 모종의 비참과 수모조차 회절과 굴절, 반사와 분산을 거듭하면서 희석되고 잊혀진다는 것을 아우렐리우스는 담담하게 일러준다.

책은 2,000여 년 전 쓰여졌다. 우리는 조금 더 해체적이고 다원적이며 분열적인 시대를 살고 있다. 하지만 그때도 지금도 변하지 않는 건, 삶이 덧없고 짧고 죽음은 필연이라는 것.

* 같은 책, 121쪽.

거대하고 넓은 시간 속에 내 삶은 극소의 먼지입자에 불과하다는 것이다. 그런 지독한 염세와 허무를 인지하면, 일터에서 용기 내는 일이 수월해진다.

더불어 내가 한 '행위'가 아니라 나의 '속성'(피부색, 성별, 소속, 연령, 외양)에 근거해 내 일을 분류하고 측정하는 사람들의 횡포에 맞설 수 있는 초연함도 심어 줬다. 아우렐리우스는 인간의 유약함과 생의 무상함을 강조한다. 거대하게 펼쳐지는 시간의 섭리 속에 우리는 겸허해야 한다는 것을 일깨워준다. 분별과 위계, 우열과 차등의 좁은 시선으로 내 일을 재단하려는 사람들을 만나면, 포획되지 않는다. 단절하고 무시한다. 그럴 수 있는 탄탄한 내면의 옥토를 아우렐리우스의 명철한 사유를 따라가다 보면 만들 수 있게 된다.

그래서 『명상록』의 이 구절을 자주 매만진다.

> 머지않아 너는 어느 곳에도 존재하지 않을 것이며, 네가 지금 보고 있는 모든 것과 지금 살아 있는 모든 사람들도 마찬가지라는 점을 명심하라. 왜냐하면 만물은 다른 것들이 나

름의 순서에 따라 생겨나도록 변하고 바뀌고 소멸하기 때문이다.*

* 같은 책, 197쪽.

동료가 망하면 기분이 좋아요

티파니 와트 스미스 『위로해주려는데 왜 자꾸 웃음이 나올까』

나 자신이 부끄러웠다.

일터에서 동료가 망해버리기를, 나보다 못하기를, 성과를 내지 않기를 이렇게 간절히 바랄 줄이야. 이토록 질투가 많은 줄이야.

우리는 매일 경쟁한다. 각자의 퍼포먼스, 기량, 실력이 하루 단위로 드러나고 일일 단위로 평가받는다. 출입처에서나 부서에서나 누가 잘하면 질투하는 마음이 싹을 틔웠다. 못하면 고소해하는 마음도 같이 움텄다. 내 뒤에 누가 생겨서 나를 받쳐주는 것만 같아서.

이건 입시 위주 경쟁으로 10대 시절을 보냈던 환경과 무관하지 않을 것이다. 매일 승자와 패자가 가려지는, 스코어가 매겨지는, 그런 게임을 하는 듯한 기분이었다. 그럴 땐 당연히 다른 레인에 선 누군가가 헛발질을 하거나 넘어지면 속으로 쾌재를 부르는 음습한 마음이 솟아났다.

일터에서 동료가 상사에게 크게 혼났을 때, 결과물이 미진할 때, 마음속 깊은 곳에서 쌤통이라는 마음이 올라왔던 때도 있었다. 그걸 자각할 때 괴로웠다. 이런 마음은 특히 젠더, 나이, 입사 연도 등등에서 동질성이 강할 때 더 커졌다.

자책했다. 경쟁이 뭐라고, 인사고과가 뭐길래. 라이벌이 뭐라고, 내가 언제부터 이렇게 못돼먹은 인간이었을까. 조직이, 회사가, 일터가 나를 이렇게 나쁜 인간으로 만든 건가.

동시에 타인도 그럴 거라 생각해서 괴로웠다. 모두가 보는 앞에서, 상사에게 가루가 되도록 털렸을 때, 기껏 단독이라고 가져온 발제인데 '이게 왜 단독이니?'라며 더 깨질 때, 나를 보는 남의 시선에서 내가 가진 것과 비슷한 '고소함'과 '쌤통'의 심리가 있지 않을까 억지로라도 찾으려고 했다. 그럴 땐 얼굴이 화끈거렸다. 내가 그런 사람이었으니까. 아닌 척 위로해 주면서도 실제론 나의 불행을 박수치며 기뻐하지 않을까. 일터란 곳은 결국 교활하게 타인의 실패를 바라는 하이에나들이 우글거리는 곳 아닐까.

샤덴프로이데Schadenfreude. '타인이 망하면 통쾌한 마음'이란 용어는 독일어에 실제로 존재한다. 우리말로 '고소함' '쌤통'으로 쓰인다. 솔직하지만 내밀한 감정이어서 우린 흔히 쓰지 않지만 이렇게 명징하게 존재하는 개념이다. 그러니까 나뿐만 아니라 다수가 이런 감정을 갖고 살아간다는 것을 폭로한다.* 『위로해주려는데 왜 자꾸 웃음이 나올까』를 쓴 티파니 와트 스미스는 쌤통의 감정은 꽤나 보편적이며, 특히 인간의

* 티파니 와트 스미스, 이영아 옮김, 『위로해주려는데 왜 자꾸 웃음이 나올까』, 다산북스, 2020.

욕망이 발산되는 대중매체, 정치에서 적나라하게 드러난다고 설명한다. 사례도 많다.

1. 스포츠 경기에서 상대팀 선수가 다치거나 실책하면 쾌재를 부른다.
2. 야당에서 터진 스캔들에 여당이 좋아하고, 행정부의 큰 실패에 야당은 물어뜯으며 신나한다.
3. 연예인의 추락에 조소하는 댓글을 단다.
4. 유튜브에 넘어지고 엎어지는 실수 짤들이 코믹, 폭소 영상으로 떠돈다.

왜 샤덴프로이데 할까. 왜 내 성공만도 모자라 남이 실패해야 좋을까. 왜 우린 이토록 섬뜩하고 무서운 마음을 품으며 살아갈까.

이것 또한 자연선택설, 진화론에 영향이 있을 것이라고 티파니는 추론한다. 서로 때리고 난도질에 싸우고 추적하며 만인대 만인의 투쟁을 벌였던 원시인류가 진화와 적자생존 과정에서 터득한 쾌감이 샤덴프로이데의 출처란 것이다. 남이

처절하게 망가져야 내가 겨우 생존할 수 있었던 인류의 기억이 여전히 뇌 속의 나를 지배하고 있는 것이다.

일터에서 누군가가 이룬 성공, 성취, 찬란한 인생을 흠집을 내버리고 싶다. 추락하게 만들어버리고 싶다. '그것이 이렇게 보편적인 마음이란 걸 알고 나면 탄식이 들면서도 인간 참 별게 아니구나. 인간 참 사특하고 악독한 존재구나' 하는 스산한 마음이 올라오기도 한다.

다만 이런 개념에 갇혀서 그런 감정을 정당화하고 일터에서 늘 쌤통심리에 매몰되면 내 마음만 더 괴롭더라. 샤덴프로이데에 지나치게 집중하면, 당연히 내 일보단 남의 성과에 눈을 더 돌리게 되고. 일에 몰입해서 결과를 낼 리 만무하다. 정재승 작가의 말대로 "자연계에 존재한다고 해서 그게 옳은 것이 아니고, 옳은 것만 자연계에 존재하는 것은 아니니까". 사실과 무관하게 우린 옳은 삶을 당위로서 추구해야지만 충만해질 수 있으므로.

그러니까 정신을 바짝 차리고 내 감정에도 때론 거리를 두고 살아보기로 했다. 샤덴프로이데가 쑤욱 올라올 때 과하게 자책하지 않지만, 그 감정을 낯설게 보는 거다. '아, 이런 마음이 드는구나. 그런데 뭐 그럴 수도 있지' 하면서 짚고 넘어간다. 그리곤 부감으로 그 감정을 바라보는 연습을 해본다. 다른 부족의 인간을 죽이고 짓밟아야만 생존이 가능했던 '만인 대 만인의 투쟁' 속 원시인류보다, 협동하고 손을 잡고 서로 도와야만 살아남았던 좀 더 진화된 인간의 본능을 최대치로 높여보려고 노력하면서.

현대판 계급 지도,
직업 등급표에 기죽지 않으려면

스탕달 『적과 흑』

온라인 커뮤니티에 떠도는 '직업 등급표'를 본 적이 있다. 흡사 대학 배치표같이 촘촘하게 구획된 새로운 계급표 같았다. 사기업, 공무원, 문과, 이과, 교직 등을 대분류해 이를 다시 S등급부터 X등급까지 15개로 나눈다. 최고 등급에는 30대 그룹 총수, 장관, 국회의원, 서울대 총장, 대형 로펌 변호사가 있고, 그 밑으론 병원장, 대학 총장, 1000대 상장회사 CEO 등이 층층이 자리한다. 취득한 자격증의 희소성, 몸담고 있는 조직의 규모에 따라 등급을 잘게 쪼개고 또다시 세분화한 것이다. 맨 밑 X등급에는 취준생, 무직, 프리랜서, 고시생, 로스쿨 입시생, 수능 N수생이 들어간다.

피라미드 모양의 연봉 계급표도 봤다. ①부잣집 ②고시패스 ③의치한 ④전문직 ⑤먹고살 만한 애들. 이렇게 다섯 단계의 세모표다. 직업계급을 인력거를 이끄는 사람, 인력거에 타는 사람들의 행렬로 묘사하는 그림도 떠돈다. 맨 윗칸에는 판검사, 의사를 그려넣고, 공돌이, 노가다, 폰팔이, 계약직, 배달충이 마차를 끈다. 직업을 위, 아래, 귀천이 있는 공고한 카스트로 보는 시각이다.

여기엔 일을 곧 신분, 계급과 동일시하고, 속한 조직을 곧 자기 자신으로 정체화하며, 그 견고한 위치성 속에서 관계를 파악하고 우열을 매기고 상하를 결정짓는, 전근대적 계급주의, 봉건주의적 사고가 깔려 있다. (물론 오늘날을 지배하는 '능력주의'와 '시험주의'는 이 계급지도에 공정성과 타당성을 부여한다. 하지만 능력조차 부모의 지위나 재산에 의해 일정 부분 세습되는 것도 사실이다.)

1830년 스탕달이 쓴 소설 『적과 흑』은 그런 계급 체제가 공고했던 때, 흙수저 계급에서 탈주해, 끊임없이 상승하고자 했던 한 남자의 이야기다. 그 속엔 하위계급을 '멸시하거나' 상위계급으로부터 '멸시받지 않으려고' 몸부림치는 한 인간의 해일처럼 일렁이는 욕망이 묘사돼 있다. 계급에서 잉태되는 굴욕, 비참, 모멸에 대한 심리를 초고밀도로 파고든다. 여전히 비가시적 직업 계급이 암묵지처럼 존재할지도 모르는 오늘날에도 잘 읽히고, 공감되는 대목이 적지 않다.

주인공 쥘리앵 소렐은 비천한 신분이다. 수전노 목수의 셋째 아들이다. 하지만 꽃미남이다. 박식하고 두뇌가 비상하다. 라틴어를 줄줄 외어 귀족들을 경탄하게 만든다. 그가 태어난 시기는 당시로서는 '개천에서 난 용'이었던 나폴레옹이 실각하고 왕정복고로 보수주의가 득세하던 때다. 쥘리앵은 출세를 위해 '적'을 상징하는 군인이 되려고 했지만, 군인계급의 몰락을 바라보며 '흑'을 상징하는 사제가 되려 한다.

쥘리앵은 가정교사, 신학생, 대귀족의 비서를 거쳐 사실상의 대귀족의 데릴사위가 된다. 귀족과의 사랑은 그에게 높은 계급이 된 듯한 도취감을 선사한다. 상위계급을 상징하는 화려한 예절, 규범, 장신구, 옷에 매혹된다. 하지만 가장 높은 지위에 올랐을 때 첫사랑 레날 부인의 편지 한 통으로 처절하게 몰락한다. 드라마 〈청춘의 덫〉에서 극중 강동우, 〈젊은이의 양지〉에서 박인범이 맡았던 그 캐릭터의 원형이다. 출세 욕망이 강한 남자가 부잣집 여자와 사랑에 빠져 신분 상승을 도모하는 얘기의 원조가 바로 이 소설이다.

이 작품이 그 드라마와 다른 점은, 그렇게 짜여진 계급표에서 상승 욕망에 부글부글 들끓는 인간의 속 마음을 밀도 있게 보여준다는 점이다. 내겐 이 책이 그렇게 읽혔다. 현대를 살아가는 인간들의 계급적 사고 안에 가진 흉포한 욕망과 광기어린 내면의 뿌리, 출처, 그 원형까지 탐구할 수 있게 해주는 텍스트로. 그리고 그 묵직하고 역사가 오래된 계급적 사고의 정체, 진면목, 뿌리를 진흙덩이 속에서 캐내어 건져 올린 순간, '계급의 색안경'을 쓴 인간의 얼굴이 얼마나 추악하고 기괴할 수 있는지를 보여준다.

일단 쥘리앵의 속마음부터가 이토록 편치 않다.

살아오는 동안 줄곧 쥘리엥이 처해 있던 심리 상태는 베리에르 시장 댁에서도 되풀이되었다. 거기서도 그는 아버지 제재소에서처럼 함께 지내는 사람들을 멸시했으며 또 그들로부터 미움을 받았다. (중략) 내면에서 나오는 대꾸는 이러했다. 짐승 같은 놈들, 바보 같은 인간들!*

쥘리엥은 야망이 강하다. 높은 계급으로 올라가야 한다는 욕망만으로 똘똘 뭉쳐 있다. 그건 삶에 추동, 정열을 일으키는 질료다. 하지만 그런 만큼 그는 주변 사람들을 '멸시'의 눈초리로 바라본다. 제재소를 운영하는 동일 계급 사람들은 업신여기고, 상위계급으로 가서는 자신이 멸시당할까 봐 누가 깔볼까 봐, 전전긍긍한다. 멸시당하는 단초라도 보일라치면 모멸감을 느끼고 공격성을 보인다. 하지만 그러면서도 그들이 차지한 자리를 부러워한다. 여기에 더해 그들의 허위, 기만, 위선을 경멸한다. 그러니까 늘 분열되어 있다.

쥘리앵의 분열은 모욕을 당하고 싶지도 않지만, 모욕하고

* 스탕달, 이규식 옮김, 『적과 흑 1』, 문학동네, 2009, 70쪽.

싫어하지 않는 그의 고결한 심성에서 비롯된다.

그럼 고귀한 계급, 대귀족이 되면 마냥 좋기만 할까. 떵떵거리며 살고, 남들이 우러러보니 행복하기만 할까. 정말 신분만큼 고결해지고 고매해지는 걸까. 파리 대귀족 라 몰 저택의 풍경을 묘사한 대목을 보자.

> 이 집 주인 부부의 성격 밑바닥에는 과도한 자부심과 지나친 권태가 자리잡고 있었다. 그들은 심심풀이로 남을 모욕하는 데 너무 익숙해서 진정한 친구를 기대하기는 어려울 듯했다. 그러나 비 오는 날과 드물기는 해도 참을 수 없이 권태로울 때를 제외하고는 더할 나위 없이 예의바른 편이었다.*

지체 높은 파리 대귀족이지만, 참을 수 없는 권태와 메마름에 젖어 있다. 모든 것을 다 가진 상태라 정열도 욕망도 열정도 에너지도 없다. 허영심으로 똘똘 뭉쳐 있을 뿐이다. 간간이 하위계급에 굴욕과 모욕을 주는 희열, 그로 인해 누릴 수

* 같은 책 2권, 48쪽.

있는 계층적 우월성에 도취해 있다. 라 몰 저택의 고명딸 마틸드가 쥘리엥에게 사랑에 빠지는 이유도 숨막히는 권태 탓이다. 부르주아에게 지위를 박탈당할까 하는 두려움, 위협감도 느끼지만 잠시뿐이다. 이런 모습은 아내와 쥘리엥 사이의 불륜을 알고도, 체면 때문에, 타인의 비웃음거리가 될까 봐 옴짝달싹 못하는 레날 시장의 모습에서 나타난다.

타인을 멸시, 업신여기는 것에 바탕을 둔 계급 체제 속 인간은 늘 모욕, 모멸, 모독에 경도돼 있고 그 감정에 유리 멘탈이다. 남의 눈에 취약하고 민감하다. 찌든 권태로 무료한 삶 속에서 환락에 빠져드는 0.01%의 상류층을 포함해 대다수가 칸칸이 구획된 계급표 안에서 멸시당할까 봐 벌벌 떨고, 멸시하면서 느끼는 우쭐함과 으스댐을 동력으로 살아간다.

'동일한 특징을 가진 인간 집단'을 뜻하는 계급, 필요에 따라 구분과 차이는 필요하지만, 서열을 매기고 순위를 따지는 체제 속에서 인간의 얼굴은 어떻게 변하는가. 『적과 흑』은 그 불편한 질문을 계속 던지는 소설이다.

현대에도 '계급적 색안경'을 쓴 사람들이 도처에 있다. 육체노동자들을 가리키며 '너 공부 안 하면 저렇게 된다'는 섬뜩한 말은 이 안경에서 비롯된 것이다. 같은 직종에 있으면서도 회사의 규모나 브랜드 가치에 따라 또다시 등급을 나누는 사람들도 마찬가지다. 그리고 어쩌면 사회가, 시스템이, 제도가, 문화가 그런 전근대적 계급의 색안경을 우리에게 여전히 씌우고 세뇌하는 건지도 모르겠다. 그 색안경의 채도는 높을수록, 우리는 직업에 따라 타인을 평가하고, 우열을 나눠 업신여길 수 있다. 반대로 누군가를 단지 그 직업을 가졌다는 이유만으로 외경한다. 그리고 그 계급의 시선은 쉽게 모사되고 전파되어 누군가의 야망으로 발현한다.

계급표에서 S등급을 받으려고 전력 질주하는, 등급 상승만을 전 생애의 목표로 달리는 삶을 사는 사람의 얼굴을 상상해본다. 그것은 곧 출세, 명예, 야망의 출처가 된다. 상위계급에 오를수록 지위를 얻게 되니까. 때론 그 욕망은 아름답다. 건강한 야망이고, 활기 있는 삶의 생명력이니까. 하지만 간혹

가다 그런 사람들이 쓴 것처럼 보이는 계급의 색안경은 하나도 부럽지 않다. 그 안경이 오히려 그 사람의 내면을 짓누를 테니까. 안경을 오래 쓰면 쓸수록 그의 시야는 좁아지고 시선은 해체되며 계급이 부여하는 이름, 지위, 신분의 노예로 살 수밖에 없을 테니까.

그래서 여전히 '계급의 색안경'을 쓴 못생긴 사람들이 내 일을 함부로 재단할 때, 나조차 그 색안경을 자동적으로 쓰게 될 때, 줠리엥을 떠올린다. 멸시당하고 싶지도 않아했지만 멸시하고 싶지도 않아했던 그 고결하고 영민한 영혼과 정신을 전유하고 싶어서.

나는 예뻐야 하는가,
유능해야 하는가

게르드 브란튼베르그 『이갈리아의 딸들』

오늘은 렌즈를 껴야 하나 말아야 하나.

출근할 때마다 고민한다. 근시가 심해 두꺼운 안경을 써왔다. 두께가 꽤 있는 편이다. 쓰면 눈이 n분의 1로 작아졌다. 못생겨졌다. 입사 후부터 시력교정용 원데이 렌즈를 착용해 왔다. 눈꺼풀을 들어올려 렌즈를 각막에 끼우고, 아이라인을 그려준다. 그때부터 그 얼굴이 '사회인 구채은'의 표준 외양이 됐다. 어쩌다 화장 안 한 얼굴을 일터에서 누군가에게 보이면, 벌거숭이 몸을 들킨 것처럼 식은땀이 줄줄 흘렀다.

몇 해 전부터 결막염이 왔다. 눈이 뻑뻑했다. 쾡하게 조여오는 통증과 이물감도 생겼다. 시뻘건 가시 같은 실핏줄도 흰자 위에 몇 가닥씩 쑥쑥 올라왔다. 깨달았다. 외형을 위한 꾸밈이 몸의 기능을 실체적으로 위협하는 시기가 도래했구나. 어떡하지.

'렌즈 착용 → 시력 훼손'. 이 변화가 내게 심대한 몸의 손상으로 다가온 이유는, 나는 글을 쓰고 책을 읽을 때 가장 명료해지는 사람이어서다. 아직 마흔도 안 되었다. 쉰이 되면 노안이 올 것이다. 백 세 시대니 예순이 넘어도 왕성한 독서를 하고 싶다. 눈알은 두 개밖에 없다. 난시에 충혈에 각종 안질환까지 온다면, 건강한 눈으로 책을 읽고 글을 쓸 수 있는 시간은 단축될 것이다.

누군가에게 더 또렷한 눈, 어려 보이고 싱그러운 예쁜 눈, 그윽하고 섹슈얼한 눈을 선보이고 싶은 욕구가 영민한 정신, 심도 있는 사유를 담보할 글줄을 읽고자 하는 욕망과 마침내 충돌하는 것이다. 점막에 화장 가루를 칠하고, 각막을 덮는 하이드로겔 소재 실리콘이 내 안구에 붙는 동안, 산소를 충분히 못 머금은 눈은 노화도 빨리 오고 시력 손상도 급속해질 것이다.

나는 예뻐야 하는가, 유능해야 하는가?

쉬운 질문 같다. 당연히 후자여야 할 것 같으니까. 하지만 언제나 그랬나? 아닌 것 같다. 일 좀 못 해도 외모에 대해 좋은 얘길 들으면 상쇄가 되는 듯한 기분, 없지 않았다.

고백건대, 이런 고민이 더 첨예해진 건, 잔주름이 부쩍 생기고 눈 밑이 움푹 패이기 시작한 최근부터다. 노화로 미모·능력 중 하나를 서서히 상실해가고 있다고 생각하니(그리고 그 상실은 불가역적이라고 생각하니), 내밀한 욕망이 수면 위로 올라왔다. 나 사실 능력보다 예쁘단 말을 더 듣기 좋아했던 거였네…. 그런데 이제 아무도 그 얘길 안 해주네. 슬프다.

남성과 여성의 성역할, 젠더 사회화의 과정을 반전시켜 놓은 『이갈리아의 딸들』은 그런 면에서 생각할 거리를 던져주는 페미니즘 고전이다. 일단 중년이지만, 높은 지위에 올라있는 여성에 대한 외양 묘사가 이러하다.

> 그녀는 그때 이후로 많이 변했다. 그녀는 적어도 두 배는 더 뚱뚱해졌고 턱도 두 개 더 생겼다. 그러나 그는 여전히 그녀의 얼굴에서 정교한 아름다움을 찾을 수 있었다. 그녀는 피곤해보였다. 피곤한 늙은 움(여자)의 주름진 얼굴만큼 평화와 위엄을 발하는 것도 없다고 그는 생각했다. 그녀의 눈은 작고 강렬했다. 하느님 어머니, 얼마나 그녀를 사랑했던가. 갑자기 그 생각이 강렬하게 떠올랐다.*

이갈리아인들은 겉보기에 화려한 육체가 주는 아름다움이 아니라, 자리가 주는 위엄과 권위를 더욱더 아름다운 것이라고 재정의한다. 반면 남성은 공적인 장소에서도 발화하는 말의 내용보다 보여지는 외모로 주목받고, 판단되며 평가받는다.

* 게르드 브란튼베르그, 히스테리아 옮김, 『이갈리아의 딸들』, 황금가지, 1996, 75쪽.

어떤 맨움(남자) 의원은 분명히 분노를 표시했다. (중략) 그의 인상이 좋다는 데에는 대부분이 동의했다. 그는 뾰족한 턱수염을 가진 통통하고 예쁘고 작은 녀석이었다. 그에 비해 그의 페니스는 좀 큰 편 아닌가. 의원들은 그가 연단에 서서 제안을 요약할 때 거기를 계속해서 쳐다보지 않을 수 없었다.*

현실에서 여성 국회의원들이 연설이나 질의를 할 때, 말의 내용보다 외모에 대한 공격을 더 많이 받는 것. 여기자들이 쓴 칼럼에 '얼평'이 달리는 것. 그러니까 이 모든 일들이 이갈리아란 세계에선 정반대로 일어난다. '이갈리아'란 가상의 세계는 허구다. 하지만 이 역전이 주는 낯섦이, 거울보기 효과(미러링)를 극대화시키고, 현실의 부조리를 더욱 강한 채도로 보여준다.

학교에선 Y염색체가 없어야 선천적으로 합리적이고, 이성적이고, 침착한 사람으로 자랄 수 있다고 교육 받는다. '표준적 인간'인 여성에게 아름다움은 곧 성취, 능동성, 권력, 야심,

* 같은 책, 60쪽.

주도면밀함, 탁월함, 결단성 같은 내면의 가치들이다. 삶에 얼마나 정열적이고 엄밀하며 전투력이 있는지, 그를 통해 어떤 위업을 달성하고 업적을 남겼는지가 중요하다. '내가 사는 동안 온전히 나의 노동으로 살아야 한다'는 명제가 그들을 구속해서다.

반면 남성은 가정 일을 전담하면서, 사랑과 감성, 연애 같은 사적인 일에 전심을 쏟는다. 대체로 투덜거리고 감성적이며 눈물도 많고 고분고분하다. 구애는 철저히 여성의 몫이고, 남성은 선택을 받기 위해 꾸밈에 온 신경을 쏟는다. 하지만 명망 있는 자리, 권력이 있는 공간에선 소외되고 차별받는다. 그런 사회화 과정 속에서 남성은 대개 '안일하고 나이브한 삶'을 살아간다. 남성은 월경을 안 하고, 출산을 못하는 몸을 갖고 태어난 것에 대해서 깊은 수치심을 느낀다.

자문했다. 나는 왜 외양으로 인정을 추구하려 하는가. 배우도 모델도 연예인도 아닌데. 일터에서 외모로 칭찬을 받으면 내가 얻을 실익이 뭔가. 예쁜 것이 돈이 되는 연예인이 되지 않는 이상, 일터에서 외모에 대한 평가가 나에게 어떤 이익으로 돌아오나. 물질을 가져다주나 명예를 가져다주나. 타인에게 욕망의 대상이 되고 싶은 건가. 외모에서 오는 호의를 받고 싶어서인가. 젊음에 취하고 싶어서인가. 도대체 아름다움은 누가 정하는가? 무엇이 아름다운 것인가?

답을 찾을 수 없었다. 그렇게 표류할 때 즈음 넷플릭스 시리즈 〈사이렌, 불의 섬〉을 봤다. 내게 『이갈리아의 딸들』의 실사판처럼 다가왔던 방송이다.

이 프로그램에선 군인, 운동선수, 소방관, 경찰관, 스턴트맨, 경호원이 나와 치열한 생존 서바이벌을 벌인다. 승리를 위해 포효하고, 기지를 점령하고, 상대 팀과 동맹하고, 기민하게 전술을 짠다. 유리한 고지에 도달하기 위해 장작을 패고, 매복하고, 위장한다. '상관없어, 승리만 할 수 있으면' '센 놈이랑 붙자, 그게 멋있지' '몸 하나 믿고 한번 가보자'와 같은 에피소드 이름은 이 시리즈물의 정체성을 나타난다.

그리고 진정한 아름다움은, 지·덕·체 세 가지. 강인한 것, 끈질긴 것, 능동적이고 주도면밀한 것, 사명감과 기백을 갖는 것, 싸우는 것, 과감한 것, 집중하는 것, 용맹한 것, 최선을 다하는 것이라는 것을 제대로 보여준다.

이갈리아란 세계에서 빠져나와 현실로 돌아간다. 이갈리아인들이 내린 XX염색체에 대한 아름다움의 정의는 무엇이었을까. 삶의 싱그러운 활기, 엄밀함과 엄격함, 야심과 능동성, 온유함과 투지, 건강함과 활력. 이런 것들 아니었을까.

책을 덮고 나도 내가 추구하고 싶은 아름다움을 재정의해봤다.

내게 아름다움은 튀어나오고 갈라진 곳 없어 코팅된 것 같은 매끈한 피부, 또렷하고 그윽한 눈, 털은 한 올도 없어 기능적이지 않은 상피세포가 아니다. 갓난 아기처럼 통통한 볼도, 육감적이고 관능적인 몸매 라인도, 얇고 긴 팔다리도 아니다.

내게 아름다움은 땀, 피, 침, 눈물, 거품 같은 체액이 흥건한 것들이다. 젖은 티를 입고, 숨이 턱까지 차올라 홍당무가 된 얼굴로 헉헉대면서도 꾸준히 달리는 습관. 사람에 상처받아 쓰러져 펑펑 울더라도 이내 회복해 다시 손 내미는 따스한 마음, 상대가 한 손을 내밀면 두 손을 내미는 상냥함. 타인에게 선의를 베푸는 연대감. 내가 상처받는 투혼을 발휘해서라도 상처받은 사람들을 위한 글을 쓰는 것. 글과 삶을 일치시키려고 애쓰는 것. 불의와 악, 차별과 편견에 맞서 분연하게 싸우는 것. 그러면서도 종종 미소짓고 자주 박장대소하는 것.

이런 것들을 지킨다면 어떤 흉터와 주름이 생기든, 몸이 커지든 휘어지든, 머리털과 치아가 다 빠지든 말든, 눈부시게 아름답다고, 근사하고 멋지다고. 그렇게 나만의 아름다움을 재정의했다. 이갈리안들처럼.

#퇴근길 농담

상사가 그럴 수밖에 없는 이유

이 글을 쓰기 위해 입사 이래 만 10년간 같이 일했던 직속 상사들과 팀 선배들을 한 명 한 명 떠올려봤다. 신기하게도 모든 사람들의 목소리와 옷매무새, 혼날 때 간담이 서늘했던 심경까지 유튜브 영상처럼 생생하게 생각이 났다. 어떤 커피를 주로 마셨는지, 어떤 일로 나를 칭찬하고 꾸짖었는지, 어떤 패턴의 습관을 가졌는지까지 다 기억이 난다.

2012년 입사, 백발의 백 부장에서 시작해 여덟 명의 상사를 거쳤다. 그중 과반의 선배들이 지금은 현직자가 아니고, 이 책을 읽을 가능성도 희박하니 이제는 아주 솔직하게 말할 수 있다.

고백한다. 어떤 상사와 선배는 훌륭한 선생이었고, 멋진 선임이자 인생 선배였다. 스승의 날에 꽃을 달아드리고 싶은 분도 있었다. 일뿐만 아니라 인생의 흉금을 털어놓는 사이가 되고 싶은 분도 있었다. 내가 그분의 연조가 되어서야 일은 못하면서 되바라진 나를 감싸주고 기다려줬다는 걸 뒤늦게 알게 한 상급자도 있었다.

하지만 또 고백한다. 어떤 상사는 정반대였다. 인생 최대의 '빌런'이었고, 퇴사 유발자였다. 퇴근길에도 침대에 누워서도 나를 쫓아와 괴롭히는 것 같았고, 이불킥을 하게 만들었으며 자주 꿈에 나오거나 가시 돋친 말들을 귓가에 울리게 했다.

직장인에게 상사와의 관계만큼, 행복에 결정적 변수가 또 있을까. 출입처에서 만난 한 공무원은 이랬다. "후배들 못살게 굴면, 개만 괴로운 게 아니라 가정과 사회까지 파괴를 할 수도 있잖아. 그래서 안 괴롭혀 나는…" 그 관료가 후배를 힘들게 했는지 아닌지 진위 확인이 어렵다. 하지만 그 말만은 공감하며 고개를 끄덕끄덕했다. 하급자에게 인신공격을 하거나 심하게 꾸짖는 것은 하급자 한 명의 멘탈 파괴를 부를

뿐만 아니라 사회 전체의 해악으로 번질 수 있다. 파괴된 멘탈은 가정의 파괴로, '가화만사성'에 따라 공동체의 파괴를 불러온다.

나 역시 상사한테 깨지고 단단히 찍혀 내내 일에서 스트레스를 받다가, 그 울분을 배우자에게 전가시키고, 배우자의 저항으로 부부관계가 데면데면해지고, 누적된 갈등이 대폭발하고 그 악의 에너지가 친구나 부모님에게까지 영향을 미쳤던 적이 있었으니까.

인생 행복의 4대 보험의 첫 번째가 바로 좋은 인간관계, 특히 '회사 상사'라고 한다. 나머지 세 가지 보험은 자율성, 의미와 목적, 재미있는 일이다.* 이 역시 회사 상사와의 관계가 밀접한 영향을 끼치는 변수다. 그러니까 행복해지려면 상사와 관계가 원만하고 소통이 매끄러워야 한다. 상사와 불화하면서 행복해지기가 어렵다. 예외는 없다.

* 최인철, 『아주 보통의 행복』, 21세기북스, 2021.

내게도 상사는 내 인생의 행복 농도를 결정짓는 사람처럼 느껴질 때가 많았다. 원하지 않는 기획을 시키는 상사, 기사를 원치 않는 방향으로 수정하는 상사, 작은 실수를 크게 나무라는 상사, 주말에도 전화가 걸려오는 상사, 회의 때 부서원들이 다 보는 앞에서 모진 말로 나무라는 상사가 싫었다.

사표를 쓸 고민은 늘 상사와의 불화로 인해 촉발됐다. 이 책의 가제 중 후보로 '일터에서 목놓아 울고 싶을 때'를 정했는데, 이 눈물의 출처는 대부분의 경우 상사였다.

상사에 대한 나쁜 인식은 '부정성 편향'과도 관계가 깊다. 부하 직원을 관리해야 하는 입장에선 지시와 간섭, 다그침, 지적, 잔소리가 필수적이다. '나의 행위를 구속하는 형식'의 권력이 작동한다. 이건 곧바로 우리 뇌에 부정적인 재료로 인식된다. 그 권력엔 당연히 거친 행동 수정이 포함이 될 것이다. 3번 칭찬하고 1번 혼내면 1번의 혼냄이 더 강하게 인식되기 마련이다.

『부정성 편향』*에 따르면 부정성은 긍정성보다 더 뚜렷하고 강력하게 뇌를 지배한다고 한다. 나쁜 것이 좋은 것보다 더 강력해서다. 진화 과정에서 살아남은 변연계의 편도체, 기저핵의 기능이 삐용삐용 경보음을 금세 울려댄다. 호통을 들을 때 느낀 고통은, 칭찬받아 얻은 기쁨을 압도하기 일쑤다. 모든 상사는 바쁘고 정신없고 업무가 과중하기 때문에 칭찬보다는 지적을 더 많이 할 수밖에 없는 사람들이다. 그러니까 대부분의 상사가 내겐 '좋은 사람'보단 '나를 힘들게 하는 사람'으로 느껴지기 쉬운 것이다.

설령 좋은 사람을 상사로 만나도 상사가 되면 싫어지는 것은 왜일까. 상사와 나의 관계에서 내 '자율성' '능동성'이 억압당할 수밖에 없는 구조여서다. 그건 조직을 다니는 사람이 근본적으로 감당해야 하는 큰 무게의 무력감을 만든다.

일터에서 우린 행위자일 때보다 감당해야 하는 자가 될 때가 많다. 지시는 대부분 상사가 내린다. 그때 우리는 하기 싫

* 존 티어니, 로이 F. 바우마이스터, 정태영 신기원 옮김, 『부정성 편향』, 에코리브르, 2020, 72쪽.

어도 겪고, 어렵고 힘들어도 해내고, 참아내야 한다. 삶의 활력과 싱그러움을 불러오는 적극성이 아닌 수동성을 만드는 요체에 상사와 나의 관계가 있다.

질문을 많이 했다.

저 상사는 왜 나를 힘들게 할까. 무엇 때문에 화가 난 걸까. 나한테만 그러는 건가. 타고나길 화가 많은 성격인가. 저 사람과 나 사이에서 유발되는 이 고통스러운 사슬의 촉발 요인과 유지 요인은 무엇이며 나는 어떻게 이 관계를 개선해야 하나.

상담심리학에서 주로 쓰는 '사례개념화'란 개념을 적용한 적도 있다. 가장 강력한 전제는 '그 사람도 이유가 있다'는 것에서 출발한다. '내게 그렇게 할 수밖에 없는 이유'가 있다는 것이다. 그 이유를 이해하고, 해석하면 이해의 문이 열리기도 했다.

예를 들어 과도할 정도로 성과를 압박하는 상사가 있다. 그럼 이렇게 여러 가지 사례개념화 후보가 떠오른다.

- 상사의 상사가 매번 성과를 압박한다. 그 압박을 나에게 되물림한다.
- 본인도 부하 직원이던 시절에 똑같은 수준의 성과 압박을 받았다.
- 조직 전반적으로 성과를 독촉하고 다그치는 분위기가 있다. 실적 압박 탓에 나도 푸시하는 것이다.
- 상사는 조만간 승진 기회를 앞두고 있다. 그래서 더 부하직원들을 닦달한다.
- 그때 내가 보인 반응에 상사가 리더로서 상처를 받았다. 그래서 서운해하고 있다.

이런 식으로 상사가 그럴 수밖에 없는 이유를 찾아봤다. 그러면 그 사람이 그렇게 행동하는 이유가 조금은 이해가 되기도 했다.

그리고 상사는 외롭고 고독한 존재라는 것. 요샌 특히 당차고 할 말 다하는 MZ후배들 때문에 오히려 샌드위치처럼 껴서 힘든 사람들이라는 걸 이해하다 보면, 관계가 다시 원만해지기도 했다.

그러니까 너무 싫은 상사를 만나면, 일단 ①부정성 편향 탓에 모든 직장인들이 상사를 싫어한다는 것을 이해하고, ②그 사람이 그럴 수밖에 없는 이유를 생각해보고, ③그 상사도 외로운 직장인일 뿐이라는 것까지 고려해본다.

이 모든 방식에도 도저히 납득할 수 없는 이해 불가의 총체적 '빌런' 같은 상사를 만난다. 그렇다면 모든 걸 제쳐놓고 이기주의자도, 개혁주의자도 아닌 '생존주의자'가 되라고 조언해주고 싶다. 그 어떤 주의나 신념이나 가치관을 앞서는 것이 생존이고 서바이벌리즘이라고, 그러니까 견디라고.

그렇게 원시 수프의 단순함처럼 생존주의자로 살아남아야 할 때가 우리에겐 종종 찾아온다. 그럴 땐 '근본주의적 생존주의자'로 연습을 하는 기간이라고 생각하면 어떨까.

4부

매너리즘에 빠진 그대에게

사람을 뒤틀리게 만드는 일

니콜라이 고골 『외투』

"니 내가 누군 줄 아나. 느그 서장이랑 내가… 어저께도 밥 먹고 어. 사우나도 가고. 어? 할 거 다 했어!"

'최민식 명장면 짤'로 돌아다니는 영화 〈범죄와의 전쟁〉 속 한 장면. '느그 아부지 뭐하시노'에 견줄 만한 명대사가 나온다. "당신, 내가 누군 줄 아나"를 시전하는 극중 주인공은, 허세와 과시와 자기도취에 빠진 인물. 정실주의와 부정부패로 물든 당시 사회의 부조리를 십분 활용해 법망을 요리조리 빠져나와 범죄를 덮고 나쁜 짓을 골라 한다.

19세기 러시아 대문호 니콜라이 고골의 역작 『외투』에서도 꼭 최민식 같은 인물이 나온다. '고위 관리'라고 표현된 그 역시, 외투를 찾아달라고 찾아온 하급관료 아까끼 아까끼예비치에게 이렇게 말하며 윽박지른다.

"지금 얘기하는 사람이 누구인지 아나? 누구 앞인지 아느냐고? 도대체 알기나 해, 알기나 하냔 말일세? 대답해봐."*

고급 관리에게 불호령을 받은 이 소설의 주인공 아까끼 아까끼예비치는 새가슴이 돼 쩔쩔매고 시름시름 앓다가 허탈하게 죽어버린다. 그리고 유령이 돼 나타나 고급관료의 외투를 빼앗아가 버린다.

이 이야기를 톺아보려면, 1722년 뾰뜨르 대제에 의해 1급부터 14급까지 분류된 공고한 관료주의 문화를 살펴봐야 한다. 러시아의 19세기 관등체제는 1917년 볼셰비키 혁명 때까지 무려 100여 년 동안 시행됐다. 계급 구조의 말단에 위치한

* 니콜라이 고골, 조주관 옮김, 『빼쩨르부르크 이야기』, 민음사, 2002, 87쪽.

아까끼 아까끼예비치는 9등 문관이다. 대머리에 땅딸막한 키에 심한 근시에 보잘것없는 외모인 그는 낮은 관등과 양순한 성격 탓에 끊임없이 놀림과 무시를 당한다. 그리고 고급관리와 맞대면 한번 하는 것조차 허락받지 못하고, 묵살당한다.

아까끼 아까끼예비치는 자신이 하는 일을 좋아했다. '정서' 일을 했던 그는 순수하게, 또 반듯하고 곧게 글을 써나가며 오롯이 일에만 집중한다. 동료들이 냉정하고 난폭하게 그를 대해도 꿈쩍도 안 하고 몰입을 하다, 가끔 팔을 흔들며 일을 방해하면 그제서야 '그만 좀 하라'고 낮은 목소리로 반응했다.

그러던 어느 날 뻬쩨르부르크의 혹한의 날씨에 외투가 다 해지자, 그는 큰맘 먹고 새 외투를 사기로 결심한다. 저녁을 굶고 밤에 양초도 안 켜고, 속옷도 자주 안 빨고, 까치발로 걸어다니는 극도의 검약을 통해서다. 그렇게 겨우겨우 돈을 박박 긁어모아 외투 한 벌을 산다. 하지만 기쁨도 잠시. 회사동료들이 그를 축하해주던 그날에 홀랑 도둑을 맞는다. 그리곤 유령이 돼서야 외투를 다시 찾는다.

심지어 어떤 9급은 조그만 부서의 책임을 맡게 되자, 칸막이로 된 자신의 방을 만들어 '집무실'이라고 이름을 짓더니 문 앞에는 붉은 깃에 넥타이를 매고 방문객에게 문을 여닫아주는 안내원까지 세워둔 일이 있었다는데, 그 '집무실'이라는 것도 보통 크기의 책상이 겨우 들어갈 만한 넓이였다고 한다.*

아랫사람들과의 일상적인 대화에서도 역시 엄격함이 드러나 거의 세 마디 이상 이어지지 않았다. "어떻게 감히 이럴 수가 있나? 누구와 이야기하고 있는지 알고나 있나? 누구 앞인지 아느냐 말일세?" 하지만 그도 마음은 선량하여 동료들에게는 친절하고 좋은 사람이었는데 장관이란 직위가 그를 완전히 바꿔버렸다.**

고골이 묘사하는 위악적인 세계의 모습이다. '관직'이라는 촘촘한 계급이 개인을 질식할 정도로 꽉 움켜잡고 있다. 15등

* 같은 책, 84쪽.
** 같은 책, 85쪽.

관 속에서 직위가 높은 관리는 아랫사람을 짓누르고 그 아랫사람은 또 밑에 있는 사람을 압제한다. '공무' 자체에 대한 책임감보다 강고한 관료제 속에 직위가 주는 권력욕에 취한 사람들이 대부분이다.

그런 구조 속에서 순수함과 진실됨을 갖고 일하는 소시민은 쉽게 능욕을 당하고, 수치를 겪으며, 온갖 모독과 조롱을 당하다가 삶이 찢겨진다. 높은 관등에 있는 사람들은 영향력과 지위로 업무와 역할 그 자체에 몰입하기보다, 자신의 막강한 위세를 과시하고, 자랑하며 '떵떵거리고 다니고 싶은 마음'을 충족하는 데 혈안이 돼 있다. 자기 자신에 도취돼 살아간다. 직이 주는 달콤한 명예가 인간을 뒤틀리게 만드는 것이다. 승진이 지상 최대의 목표가 되고, 그 안에서 일의 소명과 내용물은 사라진다.

결국, 사람이란 自己(자기) 알아달라는 건데
그렇지 못하니까 미쳐버린 거다

권력도

부부싸움도 그렇다

自己 알아달라는 痴情(치정) 이다

景福宮(경복궁) 도

올림픽도 그렇다

전화박스 뒤에서 소년이 어른을 칼로 찔러 죽인 것도

김영삼도 마찬가지다

아내가 자기가 죽기만을 기다리고 있다고 믿고 있는

처남은 신발장 장화 속에 술병을 감춰두고

술을 너무 마셨던 것이다

황지우 시인의 시 「성聖요한 병원」(『게 눈 속의 연꽃』, 문학과 지성사, 1990, 77쪽)은 인간이 얼마나 인정욕망에 취약한지를 낱낱이 까발린다. '나 좀 봐달라, 인정해달라. 예뻐해달라, 알아달라, 칭찬해달라, 좋아해달라'고 아우성인 사람들은 모두 자기自己를 알아달라고 난리법석이다. 애정결핍에 관종에 사랑받고자 안달이 난 사람들이다. 고골의 작품 속에 등장하는 19세기 러시아 관료나 우리가 일터에서 만나는 '나라는 질병'에 걸린 사람들 모두 다 이 시에 적용되는 사람들이다.

다시 “내가 누군지 알아요?”라는 말을 곱씹어보자. ‘나는 당신보다 직위가 높다. 그리고 유력자들과도 관계가 깊다. 나를 함부러 대하지 말라. 나는 당신에게 영향력을 행사할 수 있다’로 풀이할 수 있는 말이다. 그 마음 깊은 구석에는 ‘나 좀 알아줘. 나 좀 잘났다고 칭찬해주고 대우해주고 선망해줘’라는 마음이 숨어 있다. 실제 뇌는 ‘자기 자신’을 편의적으로 인식하고, 확장하길 좋아한다. 자기 성이 함락되면 할복 자살을 했던 일본의 다이묘들은 ‘나’를 ‘성’이란 물리적 공간으로까지 넓혀서 해석했다. 이처럼 자기 인식이 확장적인 사람은 나를 실제보다 더 웅대하게 인식한다. ‘자아 도취’, 자기자신에 대해 지나치게 생각하는 자의식, 자기애, 거만, 교만, 오만에도 경도되기 쉽다. 더 많이 가져야 하고 더 인정받아야 한다고 믿는 욕구, 일종의 자기스웩, 확장된 자기애에 함몰되기 쉽다.

문제는 그런 자의식의 촉수가 여기저기로 뻗어 영역이 확장되고 웅대해지면 질수록, 도취나 교만, 거만에 빠져 일의 본질과 유리된다는 점이다. 몰입을 통해 자신을 잊는 것이 아니라, 몰입을 빼앗기고 자의식만 비대해진다. ‘당신이 그 심연을 오랫동안 들여다본다면, 심연 또한 당신을 들여다보게 될 것'*이라는 말처럼, 어떤 일에 노력과 힘을 들이면 거꾸로 그 일이 나에게 노력과 힘을 들여 나를 규정하게 된다.

나를 들여다보게 만들어 나란 물질을 규정하는 심연은 무엇이 되었으면 하는가.

직위, 소속, 관직, 급수, 직급, 간판, 명성, 자아 같은 것인가.

지금 내가 쓰고 있는 이 한 꼭지의 글 자체, 곧 만나는 사람과 나눌 깊고 진진한 대화, 오늘 밤 퇴근 후 깊게 빠져들 책 속 단 하나의 문장, 주말에 가족과 박장대소하는 웃음소리인가.

나는 후자이길 바란다. 그래서 이 말을 좋아한다.

'Be Lesser, Do more'**
'덜 존재하고, 더 많이 하라'

* 프리드리히 니체, 박찬국 옮김, 『선악의 저편』, 아카넷, 2018.
** 라이언 홀리데이, 이경석 옮김, 『에고라는 적』, 흐름출판, 2017, 90쪽.

원치 않는 부서로의 인사 이동이 괴롭다면

아서 밀러 『세일즈맨의 죽음』

아서 밀러의 희곡 『세일즈맨의 죽음』의 주인공이자 할배 영업맨 '윌리 로먼'은 원하지 않는 부서 배치로 내내 괴로워한다. 그는 1970년대 미국판 '꼰대'다. 1920년대, 미국 대공황 직전 잘나가던 세일즈맨이었다. 하지만 40여 년이나 지났다. 경기가 나빠졌다. 그가 알던 바이어들도 다 죽거나 은퇴했다. 지금은 퇴물에 뒷방 늙은이 신세다. 그래서 본사에서 사무직 일을 하고 싶어 한다. 하지만 회사는 매정하다. 그의 청을 들어주지 않는다. '비즈니스는 냉정한 것'이고 본사의 티오는 정해져 있다며, 예순의 나이에 세일즈맨에게 물건을 팔러 다니라고 등을 떠민다.

그런데 어쩌나. 배운 게 세일즈뿐이다. 매일 왕복 2200km를 운전해 일하러 간다. 괄시당하기 일쑤다. 사장에게 제발로 찾아가 통사정을 해도 묵살당한다. 할 수 없다. 친구 찰리를 찾아가 50달러를 꿔간다. 아내에게 주곤 일해서 번 돈인 척한다. 갚아야 할 보험금이 빡빡하다. 우울증이 찾아왔다. 고무호스로 목매는 시도도 여러 번, 고의로 차 사고를 내 자살하려고도 몇 번 했다. 그런데 죽지도 못했다.

현실은 비탄 그 자체다. 뼈 빠지게 키운 아들 비프는 대학에 낙제했고, 빈둥거리며 노는 백수에, 심지어 도벽까지 있는 빈털터리다. 본인도 직장에서 간당간당해 목구멍이 포도청이다. 친구 찰리는 돈을 빌려가지 말고 '내 밑으로 들어오라. 자리를 주겠다' 하지만 자존심 때문에 그런 선택은 곧 죽어도 못하겠다.

그런 윌리가 혹독한 현실을 견디는 방법은, 현실에 '있'지 않는 것이다. 그는 끊임없이 현재에서 달아난다. 과거로 회귀한다. 과거에 했던 말을 중얼거리고, 과거 한 장면으로 돌아가 '안 돼' '하지마'라고 소리친다. 늘 횡설수설하며 과거에 해야 할 말, 하지 못했던 말을 웅얼거린다. 낭만에 젖어 무지갯빛으로 채색된 환상적 과거 속에 머물거나, 지금의 비탄을 가져온 것으로 추정되는 옛날의 선택을 책망하고 절규하기를 반복한다. 모두 다 무쓸모한 일이다. 아름다운 과거로 돌아갈수록 현실의 비루함과 너절함은 배가된다. 그럼에도 더 깊게 절망의 구렁텅이 속으로 빠져 들어간다. 현실은 공포에 가까울 정도로 괴로워 도저히 살아갈 수 없으니까. 현실에서 도망치려면 허상과 과거와 상상 속에서 표류하는 수밖에 없다.

1983년 발표된 이 희곡은 '과거의 광휘와 허상에 눈이 멀어 현실을 호흡하지 못해 질식사하는 인간'의 모습을 처절하게 묘사한다. 무대는 과거와 현재를 교차하며 살아가는 윌리의 내면을 따라 계속해서 타임 슬립한다.

오, 형님, 어떻게 하면 그 좋았던 시절로 돌아갈 수 있을까요? 빛과 가족애로 가득했고 겨울엔 썰매 타느라 두 볼이 붉어지는 줄도 몰랐죠. 언제나 어떤 즐거운 일이 기다리고 있었고 뭔가 좋은 일이 앞에 있었어요. 집 안에서 나는 여행 가방을 들 필요조차 없었고 빨간 자동차는 항상 반짝반짝 빛이 났어요! 어떻게 해야 내가 그 애에게 뭔가 남겨주면서 나를 더 이상 혐오하지 않도록 할 수 있을까요?*

윌리가 선망하는 큰형, 벤에게 읊조리는 대사다. 윌리는 모욕과 고통만이 남은 현재를 부정하고, 이상적이고 아름다웠던 과거와 비교하며 끝없이 괴로워한다.

그는 1928년을 자신의 전성기로 기억한다. 셰비 차를 뽑아, 전도유망한 미식축구 선수였던 아들 비프에게 펀칭백을 선물해주던 그때. 프로비던스와 워터베리, 보스톤과 매사추세츠를 누비며 촉망받던 영업맨으로 살았던 그때로. 호황기라 물건은 잘 팔렸고 바이어들은 그를 좋아했다. 고등학생 아들은 버지니아 대학을 갈 거라며 운동화에 이름을 쓰고 호기롭게 교정을 누볐고, 그 역시 전설적인 영업맨 데이브 싱글맨처럼 오래토록 승승장구하며 살 수 있을 것이라 믿었던 그 시절 말이다.

* 아서 밀러, 강유나 옮김, 『세일즈맨의 죽음』, 민음사, 2009, 154쪽.

문제는 윌리가 회귀하길 원하는 '이상적 과거'의 진위다. 환상과 망상, 상상과 허풍, 허황과 기대, 환락과 허상이 뒤엉켜 불분명하다. 과거는 이상적이고 낭만적인 데 반해, 현실은 남루하고 비탄하기 그지없어, 윌리는 자신의 존재감과 위상, 권위와 가치를 과거에서만 찾으려 한다. 하지만 그런 과거는 흐릿하게 날조돼 있고, 뒤틀려 있고, 엉켜 있다. 꿈과 이상이 뒤범벅된 과거는 윌리가 지어낸 빈껍데기의 망상일 뿐일 수도 있다. 윌리의 과거가 그의 입맛대로 편집돼 왜곡돼 있다는 점은 사장인 하워드와의 대사를 통해 드러난다.

윌리: 1928년에 저는 큰 성공을 거두었어요. 주당 평균 커미션만 170달러에 달했으니까요.

하워드: (참지 못하고) 이봐요, 로먼 씨, 당신은 한 번도 그렇게 많이….*

1928년 셰비 차를 닦던 그 시절, 비프가 도벽 증세를 일찍부터 보였다는 점. 물품배송부 직원이었던 비프에게 세일즈

* 같은 책, 97쪽

맨이라고 속이고 올리버를 찾아가 1만 달러의 투자를 받으라고 등 떠미는 장면도 마찬가지다. 윌리가 성공의 화신이라고 떠받드는 벤 형은 '열일곱 살에 정글로 들어가 스물한 살에 나오니 갑자기 부자가 되었다'는 허황된 말을 하는데, 그 조차 윌리의 환상 속에서만 존재해 미심쩍다. 그는 벤 형이 '인생의 답을 아는 유일한 사람'이라고 추켜세우고 떠받들지만, 허구와 이상이 뒤엉켜 있는 그가 말하는 과거는 믿을 게 못된다. 그의 사고 자체가 현실과 사실에 정박해 있지 않다.

현재와 과거가 제멋대로 뒤섞여 난류를 만난 듯한 윌리의 내면세계는 장자의 '호접몽'을 연상시킨다. 장자는 낮잠에서 깨어나, 자신이 나비 꿈을 꾸었는지 나비가 자신의 꿈을 꾸었는지 분간할 수 없다고 말한다. 무엇이 실상인지, 어디까지가 허상인지 피아 구분을 할 수 없다. 사실이었던 과거, 윤색된 과거의 절취선이 흐려진다. 혼돈 속에 욕망이 침범해 들어가, 진실을 왜곡한다. 현재에 살지 못하고, 과거의 이상 속으로 달아난다.

그런 환각적 삶의 결과는 참혹과 고통으로 점철될 뿐이다. 윌리를 보면 반면교사가 된다. 현실에 단단하게 정박해 있지 않는 사람은 결코 일하는 자로 꼿꼿하게 설 수 없다. 일은 언제나 지금, 여기에서 일어나고 있으며 흘러간 건 되돌아오지 않는다.

윌리는 이상적 직업 자아와 현실적 자아 사이의 '낙차' 때문에 자살을 택한다.

그렇다면 애초에 낙차가 생겨나지 않게 일터에서 '이상' 따위는 만들지 않고, 비정하고 냉정하게 살아가는 것은 어떠한가. 어차피 힘들고, 어차피 괴로운 곳이 일터라고 인정하고 실제를 차갑게 받아들이는 것이다.

그래서 윌리를 해고하는 사장 하워드의 이 대사를 다시 머금어 본다. 조금 더 냉정하게, 허구가 아닌 실제, 환각이 아닌 현실의 삶을 터전으로 삼기 위해서.

하워드: 하지만 당신을 어디에다 배치하란 말이오?

윌리: 사장님, 이건 제가 물건을 팔 수 있느냐 없느냐의 문제가 아니지 않습니까?

하워드: 그건 아니죠. 하지만 이건 비즈니스니까 누가 됐든 자기 능력대로 일을 맡아야 한단 말이지요.

윌리: 사장님, 잠깐 제 얘기 좀 들어보시면….

하워드: 비즈니스는 비즈니스지요. 인정해야 해요.*

* 같은 책, 94~95쪽.

퇴근하고 유튜브와 인스타그램만 보는 당신에게

솔 벨로 『오늘을 잡아라』

쉴 땐 폰을 끈다. 퇴근 후에도 가급적 꺼놓는다. 잘 안 되지만 그러려고 안간힘을 쓴다. 카카오톡 메신저, 네이버 뉴스창, 유튜브 알고리즘, 구글 검색창, 인스타그램 피드, 문자 메시지의 소음 탓이다. 출근길에, 근무 시간에 틈틈이 살피는 것들이다. 이 플랫폼들의 기능은 공사 경계가 모호하다. 그치만 업무와 상당 부분 연동돼 있어 그 자체가 일의 도구, 연장으로 느껴진다.

특히 회사 사람들이 잔뜩 들어있는 메신저 앱들을 켜두면 착시가 든다. 여전히 거대한 컨베이어벨트를 타서, 누군가에게 업무톡을 보내고, 바로바로 답장을 줘야 할 것 같다.

문제는 OFF 버튼이 잘 눌러지지 않는다는 거다. 스마트폰은 언제부턴가 심장, 폐, 간처럼 내 몸에 붙은 장기의 일종이 돼버렸다. 이건 숨통이 끊기는 그날까지 안 꺼진다. 불수의근 같다. 의지로 OFF가 눌리지 않는다. 늘 ON이다. 시뻘겋게 충혈된 기계다. 멈춤 단추를 잃어버렸다. 기계는 뜨겁게 달아올라 있다. 그러다 결국 고장나거나 망가지거나 부서질 테지만, 멈추는 방법을 몰라 과부하를 알리는 끼익끼익 굉음을 내며 돌아간다.

유튜브나 인스타그램, 페이스북 같은 앱도 마찬가지다. 그 장에 들어가면 일어나서부터 잘 때까지 클릭하고, 화면을 밀고, 사진과 메시지를 올리고, 공유하고 좋아요를 눌러대야 한다. 그 순환고리를 무한 반복한다. 사이사이 광고에 현혹돼 쓸데없는 결제도 많이 한다. 알고리즘의 승리다. 그런데 뭐 나만 그런 건 아니라고 위무하기 쉽다. 대도시의 직장인들 대부분이 스몸비족 아니던가. 나 역시 그 블랙홀의 장 속에서 기거하는 도시인이다. 이 장은 환각을 일으키기도 한다. 이걸 결제하면, 이걸 소비하면 더 아름다워지고 더 반짝반짝 빛날 것이란 착각에 빠진다. 저 릴스와 피드, 쇼츠 속 그 사람처럼 말이다. 매일 출근과 퇴근을 반복하는 고되고 힘든 삶 속에서, 그런 환각은 적당한 활력소도 된다. 길티 플레저다. 어쩌면 인생의 상당 부분을 앱의 광고 속에서 마약에 취해 사는지도 모르겠다.

미국 작가 솔 벨로의 소설 『오늘을 잡아라』에 나오는 템킨 박사는 그런 마약 같은 사람이다. 주인공 윌헬름에게 사기를 쳐 그를 몰락하게 만드는 단편적인 악역처럼 보인다. 하지만 그가 갖고 있는 온갖 권모술수들은 시대적이다. 템킨 박사는 최면술사, 정신과 의사, 심리상담사, 발명가 등 다양한 직업을 갖고 있다(실제 그 일을 하는지는 미심쩍고 수상쩍은). 입만 열면 거짓말하는 허풍선이 같지만, 뉴욕 브로드웨이의 고급 주거용 호텔 글로리아에 기거하며 사람들에게 야부리(?)를 턴다. 어쩔 땐 상담해주고 치료해주고 투자 컨설팅까지 멀티로 다 한다.

40대 유대인 무직자 윌헬름은 그에게 홀랑 속아 넘어간다. 그리고 돈도 멘탈도 탈탈 털린다. 사탕 발린 아첨과 되지도 않은 허언으로 어쩔 때 보면 윌헬름을 가스라이팅하는 것 같기도 하다.

그러나 윌헬름은 그에게서 벗어날 수 없다. 아버지인 애들러 박사가 주지 않는 달콤한 인정을 그가 해주고, 큰돈을 벌어 대성할 수 있다는 장밋빛 환상을 심어주며, 그의 역경과 희망을 어루만져주는 일을 해줘서다. 현실을 보지 못하게, 달콤한 이상만을 좇게 만든다. 템킨은 윌헬름 머리 꼭대기 위에 올라앉아 그를 조종하는 듯하다. 결국 선물 투자로 윌헬름의 얼마 없는 전 재산까지 말아먹는다. 윌헬름이 그토록 갈증했던 인정, 쾌락, 소통, 대화를 충족시켜 주는 듯하지만, 그는 돈을 노리고 그를 파괴하는 악마의 속삭임일 뿐이었다.

템킨 박사는 윌헬름에게 이렇게 속삭인다. '영원한 현재'만을 살라고. 과거의 실수와 오판에 대한 후회, 미래의 불안과 근심, 무력감에 시달리지 말고, 본능대로 지금만을 느끼며 살아가라고. 쾌락만을 따르라고 하는 것 같기도 하고 아닌 것 같기도 하고 애매하고 모호한 말들로 윌헬름을 들었다 놨다 한다. 템킨의 사기치는 신공(?)은 심리학, 철학, 사회학, 문학, 경제학까지 모든 학문이 총동원된 종합예술이다. 각종 소네트와 존 밀턴의 시까지 줄줄 외며 있어 보이는 척을 하고 고유의 신묘한 개똥철학을 설파하기도 한다.

비정한 대도시, 사람들의 약한 마음을 약삭빠른 술수로 포착해 현혹하고 그를 인정해주는 듯 떠받들었다가 결국은 코를 베어가는 인물. 이 인물 자체가 내겐 자본주의와 물질주의, 배금주의, 상품주의 그 자체. 신자유주의의 어떤 농간, 상징처럼 느껴졌다. 광고의 유혹과 자본의 술책, 대중문화의 진부한 계략에 의해 우리의 영혼을 빼앗고, 우리의 돈을 털어가는 그 무엇 말이다.

템킨 박사의 꾀에 속아 인생을 탕진하는 윌헬름. 한심하고 딱하긴 하지만 측은지심이 간다. 쉽게 꾐에 넘어가고, 자주 속는 우리 모습과 닮아 있어서다. 대학은 중퇴했다. 영화배우가 되려 했으나 실패했다. 어린이용 가구 제조사에서 일하다가 못 버티고 때려친다. 그 사이 이혼한 아내에게 부쳐줄 양육비가 없다. 가끔 자존심 다 버리고 아버지에게 손을 벌리지만, 아버지는 단칼에 거절한다. 지나간 삶의 비탄에, 스스로를 천치, 종놈, 노새, 하마, 멧돼지라고 부르며 자학하고 비하한다. 자책 때문에 자기 환멸에 빠져서 심한 우울증 증세를 보이기도 한다.

문제는 그런 그가 발 딛고 숨 쉬고 사는 세계다. 물질주의가 팽배한 2000년대 미국 뉴욕이다. 돈만 있으면 화려하고 풍요롭게 즐길 수 있는 곳이다. 돈 없으면 각박하고 위협적인 대도시다. 이곳에선 모든 것이 돈으로 치환된다. 일확천금으로 벼락부자가 될 수 있다고 꾀는 비정한 세계다. 그렇지 않은 삶은 실패자로 규정하고 배제해 버리는 구별 짓기가 있다. 건조하고 메마른 세계 속에서 사기꾼, 투기꾼, 도박꾼, 마약꾼이 득실거린다. 그들은 표피적이고 즉물적인 것들로 누군가를 끝없이 파멸시킨다. 한번의 실수로 패가망신한다. 재기는 어렵다. 힘들게 모은 돈을 쏙쏙 빼앗아가는 하이에나들만 들끓는다. 그런 세계로부터 자신을 지키는 내적 힘과 단호함이 없는 인간은 와르르 붕괴되기 십상이다.

한창 인스타그램과 유튜브 중독에 빠져 있었다. 일의 피로 탓이었는지, 그저 관성이자 광고에 현혹돼 생긴 습관이었는지 모르겠다. 퇴근하면 앱을 켰다. 공허하고 무기력한 마음에 폰만 쳐다봤다. 불 끈 채 누워서도 유튜브나 SNS앱을 둘러보며 밤을 지새웠다. 누가 좋아요를 눌렀는지 낱낱이 챙기면서. 나도 좋아요를 눌러댔다. 모이를 기다리며 버튼을 쪼는 비둘기처럼 말이다. 그러다 지겨워지면 유튜브 영상 메인 화면에 뜨는 쇼츠를 멍하니 봤다. 알고리즘에 따라 올라오는 영상들을 클릭하며 명멸하는 스마트폰 화면 위에서 표류했다. 폰을 덮고 나선 늘 공허했다. 어떤 충족감도 허영심으로 채워지지 못했다. 폰을 손에서 내려놔야 하는 순간엔 적막감과 죄책감, 비루함, 공허감과 허탈감에 시달리며 괴로워했다.

애덤 알터*는 SNS에 '좋아요'를 받으려고 피드를 계속 새로 올리는 중독적 심리는 1971년 심리학자 마이클 질러의

* 애덤 알터, 홍지수 옮김, 『멈추지 못하는 사람들』, 부키, 2019.

'비둘기 실험' 속 반복행동과 꼭 같다고 말한다. 비둘기가 버튼을 쫄 때 매번 모이를 주는 것이 아니라, 불규칙적인 보상(랜덤으로 모이를 주는)을 보일 경우 더 열광적으로 버튼을 쪼아댔다는 그 실험 말이다. 간헐적이고 불규칙적으로 이뤄지는 피드백, 무작위로 주는 보상. 이는 학습심리학의 '변동비율강화'와 다름없는 반응으로 강한 행위 중독을 일으킨다.

우리의 영혼을 갉아먹고 파괴하는 어떤 무엇의 얼굴에 대해 생각해본다. 그건 꼭 인간만이 아닐 수도 있다. 시스템 그 자체일 수도 있다. 템킨 박사의 달콤한 목소리처럼 모든 악덕과 유혹을 결합시켜 놓고 버무려 놓은 어떤 형체. 시스템의 정체를 생각해본다.

실수, 과오, 실책, 패배, 오점을 때론 어루만져주는 척하지만, 허영심과 욕망만을 자극해 우리를 중독에 이르게 하고, 종래에 가서는 실수를 저지르게 하는 무엇을. 그렇게 가랑비에 옷 젖듯이 스멀스멀 우리를 파괴시키고 좀먹는 무엇을. 그런 것들은 도처에서 우리를 집어삼킬 준비를 하고 있을지도 모른다.

오늘도 퇴근하고선 폰부터 끄려 한다. 각종 홈쇼핑 앱과 인스타그램의 피드 광고를 그만 보려고. 켜는 순간 그것들이 와글와글 떠들며 내게 사탕발린 소리를 템킨 박사처럼 해댈 테니까. 떠드는 그 소리는 참 시끄러운데 듣다 보면 혼을 쏙빼놓는다. 사람을 들었다 놨다 해서 정신 똑바로 안 차리면 내 코를 금세 베어가 버릴 것만 같다.

심호흡을 한번 한다. 귀를 막고 전원 버튼을 눌렀다. OFF다. 앱으로 도배된 화면이 사라졌다. 검은 화면이다. 책략과 술수의 목소리들의 숨이 끊어졌다. 이제 고요하다. 오늘은 나를 지켰다.

일의 야만과 모순에 어떻게 저항해야 하나

보후밀 흐라발 『너무 시끄러운 고독』

일터에선 간혹 모순적인 상황에 맞닥뜨린다. 우리는 어떤 가치, 의미를 찾기 위해 일을 택한다. 그런데 그 의미를 추구하기 위해 내가 선택한 그 직업이 내가 부여한 뜻과 신념을 정면으로 배반하기도 한다. 동물을 사랑해서 수의사가 됐는데, 매년 몇 백 마리의 유기 동물을 안락사시켜야 한다거나. 공익의 대변자가 되기 위해 변호사가 됐는데, 나쁜 짓을 저지른 클라이언트의 사건을 변호해야 하거나. 진실을 추구하기 위해 기자가 됐는데 왜곡된 현실을 보도하라는 상부의 지시를 받아야 한다거나.

어쩌면 오늘날 일이란 건 애시당초 개인의 신념과 뜻을 실현시키기 위해 존재하는 것이 아닐지도 모르겠다. 일은, 직업은 자본주의적 문명에 따라 규격화돼 있고 분업화돼 있으며, 건조하고 비정하다. 일은 우리가 일에 부여한 이유, 가치, 의미, 소명 같은 뜨거운 신념들을 지켜주지 않는다. 오히려 서릿발같이 차가운 '자본주의의 미소'를 봉싯봉싯 지으며, 그 신념과 가치들을 위협할지 모른다. 이윤을 추구하기 위해, 돈을 벌어야 하니까 그런 위협은 타성처럼 당연한 일로 받아들여지기도 한다. 그런 때만큼은 일은 우리가 지키고자 하는 '의미'를 오히려 게걸스럽게 집어삼키는 포악스러운 괴물의 얼굴을 하고 있을지도 모른다.

소설 『너무 시끄러운 고독』의 주인공 한탸는 그런 비정한 세계 속, 무정한 일의 괴물의 횡포에 맞서 담담하게 저항하는 인간의 모습을 보여준다.

"삼십오 년째 나는 폐지 더미 속에서 일하고 있다. 이 일이야말로 나의 온전한 러브 스토리다."*

이 문장으로 시작하는 이야기는 체코의 폐지압축공 한탸의 독백으로 흘러가는 소설이다.

한탸는 꾀죄죄한 얼굴에 큼큼한 냄새를 풍길 것만 같다. 35년 폐지 압축 외길 인생을 걸었지만 일머리라곤 없어 보인다. 잘 씻지도 않는다. 술단지를 끼고 산다. 매일 취기인지 환각인지 모를 주정을 나불나불 늘어놓는다. 책을 파쇄하는 게 본인의 일이지만, 역설적이게도 책을 끔찍이 사랑해 아파트 찬장 가득 읽지도 못할 책을 층층이 포개 놓는다. 저장 강박 같다. 화장실 변기 위로 150cm 높이 나무 선반을 짜 천장까지 책을 탑처럼 쌓아놓고 사니 할 말 다했다. 2톤의 책을 이고 사는 괴짜다. 그런데 또 이 일을 '자신만의 방식'으로 무척 사랑한다.

그가 일을 사랑해 마지않는 방식은 그가 하는 일의 본질, 속성, 목표와는 극명하게 반대된다. 책들을 빠른 시간 내에 압축하고 분쇄해 '처리'하고 '소멸'시키는 대가로 돈을 받아

* 보후밀 흐라발, 이창실 옮김, 『너무 시끄러운 고독』, 문학동네, 2018, 9쪽.

생계를 유지하는 게 그의 일이다. 그는 그것이 야만적인 일이라 믿는다. 사상과 표현의 자유를 억압하고, 금서가 지정되고 지성이 탄압받는 서슬 퍼런 시대에, '사고하는 인간' '책을 읽는 인간'은 대우받지 못한다. 그런 시대에 그는 폐지압축공으로 생계를 유지해야 한다. 한탸는 2차 세계대전으로 프로이센 인장이 찍힌 왕실도서관의 책이 전리품으로 규정돼 버려지는 것에 가슴이 미어져 눈물을 뚝뚝 쏟을 정도로 순수하고 맑고 곧은 심성을 지녔다. 책에 집대성된 지성을 사랑하고, 책에 서린 정신을 숭배한다. 폐지압축공과는 전혀 어울리지 않는다. 그런데 어쩌겠나. 먹고는 살아야지. 이 일 안에서 그는 그 나름대로의 방식으로 자신의 순정과 낭만을 지킬 수밖에 없나니.

그는 폐지 더미 속에서 의미 있는 책들을 찾아 노교수에게 전달해주고, 자신도 인간의 사상과 지혜의 정수가 담긴 책들을 폐지 속에서 모으고, 읽는 낙으로 산다. 간혹 쇼펜하우어와 예수, 노자가 나타나는 환영을 보기도 하는 그는, 35년의 세월 동안 일을 하면서 어마어마한 독서광이 됐다. 생업인 폐지압축공 일을 하면서도 버려지는 책들을 모아 열심히 탐독

해온 것이다. 술기운을 빌어 책을 망가뜨리는 일을 하지만, 깨어 있을 때는 열정적으로 책을 읽고 지식을 습득한다.

어쩌면 곁가지의 낭만, 소확행에 가까웠던 그 한 줌의 재미 같은 일터의 낭만이, 그가 일을 하는 이유, 목적이자 삶을 지탱하는 이유가 됐다. 세월이 쌓이면서 그 낭만 그 자체는 그의 본질을 구성하는 핵이 됐다. 은퇴를 5년 앞두고 있는 한탸는 생각한다. 보석 같은 책들을 압착해 꾸러미를 만들고 색종이를 뿌려 전시할 거라고. 아름답고 존귀한 꾸러미를 만들어 사람들에게 보여줄 거라고. 그가 추구하는 일터의 낭만이 반짝반짝 빛이 난다.

기자 초년병 시절 나도 그랬다. 처음 내 이름 석 자의 바이라인이 찍힌 기사를 보며 적잖게 감동했다. '이 기사는 □□□이란 성명의 기자가 썼다'는 단순한 의미인데도 그게 그렇게 감개무량하고 가슴이 뻐근할 줄 몰랐다. 2, 3년 차부터 내가 썼던 기사 중에 자랑스러운 기사, 의미 있는 기사, 새빠지게 취재를 해서 만든 기사들을 오려서 스크랩북에 붙여놨다. 기사를 오린다. 딱풀의 노란 뚜껑을 연다. 몽글몽한 풀을 사각 테두리에 바른다. 스크랩북에 붙인다. 그 리츄얼 자체가 즐거웠다. 잘 쓴 기사를 볼 때 보람찼다. 못 쓴 기사는 붙이지 않았다. 스크랩북의 두께가 얇아지면 혼자 책망하기도 했다. 그게 어쩌면 한탸의 꾸러미처럼 나만의 꾸러미였으리라.

일의 낭만을 느꼈던 몽상가 한탸에게도 어김없이 위기가 찾아온다. 소장은 그에게 제발 부탁인데 일을 좀 하라고 압박한다. 당신 때문에 일이 속도가 나지 않는다고. 도대체 제대로 안 하고 무슨 생각을 하냐고 힐난한다.

한탸 역시 불안감을 느낀다. 도시에 가보니 그가 쓰는 압축기보다 20배 효율이 높은 거대 압축기가 괴물처럼 책들을 파괴시키고 있다. 기계가 책을 우걱우걱 파쇄하는 장엄한 광경을 지켜보고 있던 한탸는 놀란다. 머지않아 그의 일이 위태로워지고, 쓸모 없어지며 더 큰 기계로 손쉽게 대체될 것임을 직시한다. 이제 더 이상 일터에서 그가 찾았던 소소한 낭만과 의미를 추구할 수 없게 된 것이다. 빠른 속도로 책은 분쇄되고, 그는 그 시간을 따라잡지 못할 것이다. 그는 35년간 그와 함께 했던 압축기 속에 자신의 육체를 넣어 서서히 죽음을 맞는다.

언뜻 장엄한 비극처럼 느껴지는 이 소설은 공산주의 체코 사회에서 출판 검열과 억압에 시달렸던 작가 보후밀 흐라발의 '책에 대한 오마주'이다. 또한 일터에서 우리가 견지해야 할 낭만과 순수성, 직업으로서 지켜야 할 소신에 대해 되묻는다. 실제 보후밀 흐라발은 1963년 작가로 데뷔했으나, 체코 정부의 압력으로 1970년 이후에는 수년간 공식적으로 책을 낼 수 없었다. 구소련 시절 지하 출판사로 불렸던 '사미즈다트samizdat'에서 몰래몰래 출판했다. 하지만 그 엄혹했던 시기에도 그는 사회 낙오자, 주정뱅이, 가난한 예술가 등 주변부의 삶을 촘촘하고 밀도 있게 묘사해, 체코의 사랑받는 작가로 발돋움한다. 대학 시절 독일군의 점령으로 학교가 폐쇄돼, 철도원, 보험사 직원, 제철소 잡역부 등 다양한 직업을 전전했던 자전적 경험을 상당 부분 작품에 녹여냈다. 그는 1975년 한 잡지에 자아비판 반성문을 쓰고 나서야 정부의 검열 아래 출판을 재개할 수 있게 된다.

물론 일은 일일 뿐이다. '책을 사랑해 마지않는 나'가 '책을 파괴해야 먹고 살 수 있는 일'을 해야 하는 딜레마의 비극에 놓였을 때 누군가는 전자의 자아를 철저하게 외면할 것이다. '먹고 살기 위해' 깡그리 무시할 수 있다. 무정하고 비정하게. 하지만 그 딜레마 속에서 실낱 같은 환희를 발견하고 그 틈새에서 의미를 탐색해가며 '책을 사랑해 마지않는 나'를 끝까지 사수하려는 한탸 같은 인간도 있다.

일은 무정하고 건조할지라도, 결국 사람이 하는 일이고, 사람은 피와 뼈와 살이 있는 존재이므로. 만약 한탸가 책으로 꾸러미를 만들고 아름다운 장식을 부여하는 '자신만의 낭만'을 엄혹한 노동 속에서 찾지 않았다면 35년 동안이나 그 일을 온전히 사랑하며 할 수 있었을까.

그러지 못했을 것이다. 일과 신념의 괴리 사이에서 고통을 겪다가 자괴감을 느끼고 그 일에 질식됐을지 모를 일이다. 일의 의미, 일의 결과에서 온전히 소외된 채로 인간성을 통째로 상실해 버렸을지도 모른다. 예루살렘의 아이히만처럼 말이다.

한탸에게 일터는 그의 고유의 순정을 지켜주는 은신처이자 피난처 역할도 한다. 전쟁으로 금서들이 파괴되고, 무리를 지은 인간들이 협잡하고 공격하는 시대에 그가 일하는 지하 작업장은 바깥 세계로부터 차단돼 있다. 시끄러운 포격음도 사람들의 아귀다툼 소리도 들리지 않는다. 침묵 속에서 폭력과 혐오를 경험하지 않아도 되는 고요한 곳. 그는 그 곳에서 책을 읽고 교양을 쌓고 지식을 흡수하며 '자신만의 순정'을 지켜나간다. 그 과정에서 진정한 행복감을 경험한다. 일과의 일체감, 환희와 낭만을 느낀다. 길고 혹독한 노동 시간 중 실낱같은 희망을 주는 그만의 축제이자 환상적인 '제의' 같은 시간이다.

그래서 그 순정과 낭만을 지킬 수 없었을 때 한탸가 하는 선택은 숭고해 보인다. 죽음 그 자체라기보단 그 의미를 지키고자 하는 보랏빛 은유처럼 느껴진다. 그건 35년 노동을 하며 처절하게 사랑했고 갈구했던 책과 하나가 되는 마지막일지도 모르겠다.

“책의 단면이 내 늑골을 뚫고 들어온다. 입에서 비명이 새어 나온다. 궁극의 진리를 발견하기 위해 가혹한 고문을 겪는 것일까? 압축기의 중압에 내 몸이 아이들의 주머니칼처럼 둘로 접힌다.”*

책이 된 한탸는 우리에게 묻는다. 당신이 일터에서 지키고 싶었던 초심은 무엇인가요. 힘든 일터에서 발견한 당신만의 순정과 낭만과 의식은 무엇인가요.

* 같은 책, 131쪽.

반복은
광휘를 만든다

아베 코보 『모래의 여자』

"어떻게 생각하십니까"

"한 말씀 부탁드립니다"

선거에서 진 정당의 대표. 지도부 총사퇴 발표 직후 국회 본청 복도를 황급한 걸음걸이로 빠져나간다. 수십 명의 기자들이 따라붙는다. '패인을 어떻게 보십니까' '출마하십니까' 라는 질문이 잇따른다. 그 구름 같은 기자 인파 속에 나도 있다. 고함치며 물음을 보탠다. '쇄신안은 어떻게 되는 겁니까' '선거 직후 만든다고 하지 않으셨습니까' 대표는 묵묵부답으로 빠르게 퇴장한다. 그가 사라진 자리엔 기자들만 남는다.

구석에 쪼그리고 앉아 노트북을 켜고 기사를 마감한다.

일터에서 간혹 섬광처럼 짧디 짧은 찰나의 순간 '직업적 낭만'을 느낄 때가 있다. '꿈꿔왔던 기자 같은 기자'로 있을 때다. 이상향 속 기자는 이렇게 늘 뉴스의 최전선 현장에서 셀럽을 종종걸음으로 따라붙으며 또박또박하고 우렁찬 목소리로 질문을 던진다. 물론 반향이 큰 특종을 터뜨리거나, 독자에게 기사 잘 봤다며 감사 메일을 받을 때, 기자상을 받았을 때, 상사가 휴가를 떠났을 때도 배시시 웃음이 절로 날 정도로 낭만적이다.

하지만 그중 제일의 낭만은, 터지는 플래시 속에서 뉴스 가치가 높은 인물을 취재기자로서 우르르 몰려다니며 쫓아다닐 때다.

그럴 땐 가슴이 울렁거리고 떨림이 인다. 박력 있게 질문을 해내면 기분이 달뜬다. 기자회견장에서, 특히 역사의 현장에선 그렇게 심장이 살아서 펄떡펄떡 뛰는 활어처럼 콩닥거린다.

이럴 때 바로 '이상적인 직업 자아'와 '현실의 자아'가 개기일식처럼 포개지는 드물디 드문 직업적 환희의 순간을 맞본다. '그래, 바로 이거야' 하는 내면의 소리가 울린다. 한시적이고 일시적인 충일 상태지만 관능적인 도취감을 느끼게도 한다. 물론 이런 낭만은 소소하지만 주관적이다. 나는 그랬다. 역사의 현장에 있으면 그렇게 가슴이 벌렁거렸다. 직업적인 '낭만뽕'이랄까.

문제는 개기일식은 찰나의 순간이라는 점이다. 대부분의 순간 달은 휘영청 떠 있고, 그 달 속에 방아를 찧는 토끼의 노동은 따분한 지구력이 요구되는 일이다. 달이 상현에서 보름에 만월로 차올랐다가 하현에는 다시 야위는 것처럼 그렇게 돌고 돈다. 지겹도록 반복하는 일. 취재-발제-마감-취재-발제-마감으로 이어지는 순환고리가 대부분을 차지하는 것이 진실이다. 안 받는 전화를 돌리고, 취재원을 찾아가고, 문자를 남기고, 질문을 해대고, 그런 습기도 없고 건조한 일들이 계속 쌓여야, 가뭄에 콩 나듯 '낭만'의 순간을 맞닥뜨린다. 심층적이고 분석적인 보도도 마찬가지. 심도 있는 특종도 마찬가지다.

반복의 축적이 힘들다 느껴질 때 마침 읽었던 책이, 아베 코보의 『모래의 여자』다. 끝없이 주변을 침식하는 모래를 퍼내야만 살 수 있는 인물들이 이 책에 나온다. '반복'하는 일은 어쩌면 삶의 선험적인 전제조건이란 것을 인물들의 행동을 통해서 더 느낄 수 있다.

잠깐 여행만 하러 온 사구, 그곳에서 희귀한 곤충을 채집해 입신양명하고 싶었던 남자, 니키 준페이가 있다. 계획은 틀어지고 그곳에 갇히고 만다. 물귀신처럼 그를 부락 속에 일원으로 편입하려는 사람들이 있고, 그 옆엔 한 여자가 있다. 여자는 뻔뻔스럽게 때론 연민에 호소하는 듯하면서 그를 절망스럽고 고통스러운 세계 속으로 집요하게 끌어내리려 한다. 준페이는 그 지독한 환경 속에서 탈출을 꿈꾸지만 매번 실패한다.

1964년 데시가하라 히로시 감독에 의해 영화로도 만들어진 이 작품은 작가 아베 코보에게 세계적인 명성을 가져다준 소설이다. 이 작품의 백미는 강력한 소설적 제재인 모래다. 꺼끌꺼끌하고 숨이 턱 막히는 모래는 고체이면서 유동하는 이미지로서 임팩트가 강하다.

가상세계로 설정된 부락은 모래가 늘 범람하는 세계로 표현돼 있다. 부락 속 사람들은 살기 위해 매일 모래를 퍼내며 지반을 유지해야 한다. 모래는 삶의 방해물이자, 목적도 되기도 한다. 우연히 그곳에 당도한 사람들은 사방에서 흘러내리는 모래에 꼼짝없이 갇혀 개미지옥 같은 그곳을 빠져나가지 못한다.

오감을 자극하는 이야기기도 하다. 쉼 없이 내 공간을 삼켜 들어오는 모래 알갱이가 겨드랑이에 땀구멍에 목구멍에 손가락 마디마디 지문 사이사이에 껴 있을 것만 같은 느낌을 준다. 순간순간 지겹도록 같은 일을 반복해야만 하는 실존적 고통과 환멸, 허무와 괴로움, 권태와 절규를 느낄 수 있다.

반복은 지루하고 텁텁한 듯한 감각이라 고통스럽지 않을

것 같지만, 지난하고 처절해서 삶을 조금씩 조금씩 갉아먹고 균열을 내게 만드는 산酸과 같다. 매일 출근하고 퇴근하고, 매일 주말이 돌아오지만, 그 다음엔 어김없이 월요일도 따라오는, 그 순환고리의 반복. 새로운 미션이 주어지고, 또 하루 만에 그 모든 미션을 완료해야 하는 고됨. 이 소설 속 모래는 날것 그대로 '밥벌이의 권태와 지겨움'을 표지하는 심상으로 다가왔다.

이제는 어렴풋이 알 것도 같다. 어떤 성취도 영광도 지난한 반복이 있어야 하고, 찰나의 섬광이 깃드는 승리의 순간보다 반복과 재반복 속에 선물처럼 삶의 광휘가 숨어 있다는 것을. 그래서 나는 오늘도 내 책상 위 할당량의 모래를 퍼내듯이, 취재를 하고 기사를 쓴다.

#퇴근길 농담

일터에 이데아는 없다

흡사 '회사 비평가' 같았다. '직장생활 평론 문예'나 '직딩 비평 백일장' 같은 대회가 있다면, 영화평론계의 이동진, 김혜리 작가처럼 잘 할 수 있었으리라. 장원과 대상과 우승을 휩쓸었으리라.

같은 해에 각각 다른 언론사에 입사해 친해진 A와 내 얘기다.

연차가 쌓일수록 우리들의 회사 비판 평론의 깊이와 넓이가 남달랐다. 우린 조직도를 하나하나 뜯어보면서 인사의 패착과 의사결정의 부조리와 각종 모순, 병폐와 적폐 세력들에 대해 침을 튀겨가며 비판했다. 그것을 단초로 한국사회의 노동문화와 여성주의, 신자유주의 국제질서에서 소외되고 불안한 근로환경까지 평론의 깊이와 넓이를 확장했다. 우리의 비판은 심연을 건드렸고, 통시적이면서도 거시적이었다.

그런데 8년을 이렇게 비평만 하다 보니 각자의 그 헝클어진 수다 속에서 망연해졌다. 크게 달라지는 건 없었다. 회사도, 우리의 마음가짐도. 그리곤 7, 8년 동안 축적된 대화들 속에 어떤 귀납적인 질문, 정반합의 물음에 도달했다.

'그런데, 우리만 이렇게 힘든가. 우리 직종 전반이 다 이런 건가.'

'그러게. 구분이 어렵다. 다 섞여 있는 것 같기도 하고.'

이 질문에 도달한 A와 나는 불행을 그만 경쟁하기로 했다. 벌써 입사 만 10년. 둘 다 생계형이다. 빚도 많다. 불행을 경쟁하다 안 돼 현실과 타협한 건지도 모르겠다. 누가 쫓아내면 문고리를 부여 잡고서라도 회사에서 버텨야 했고, '욱하는 마음'에 삼십 대 후반 여성이 쉽게 사표를 던질 수도 없었다. 그

조건 속에서 서로의 비관을 경쟁하는 방식은 아무런 도움이 되지 않다는 지혜를 깨달았다.

"우린 뭔가, 완벽한 직장생활의 바람직한 본本이 있다고 믿었던 것 같기도 해."

A씨가 말했다. 그랬다. 우린 각자의 '직장생활 이데아'를 상정하고 그 본과 현실을 끊임없이 비교하면서 고통스러워했다.

저기 우주 저편 어딘가에 완전무결한 직장생활을 그리고, 현실과 비교하며 땅 속으로 푹 꺼지듯 침울해한 건 아닌지 말이다. 도무지 '완전한 행복'이란 이상향에 도달할 수 없고, 어쩌면 서로 다른 불행만이 낱낱이 정초된 곳이 삶터고 일터인데, 우린 이런저런 불행들을 비평하며, 그 불행이 제거되는 이데아를 그렸던 걸지도.

요컨대 여기 이데아적 일터가 있다. 이 곳은 말 그대로 완벽하며 온전하다. 월급도 빵빵하게 주고, 과로도 없고, 상사도 훌륭하며, 동료들은 성인군자다. 나의 자아 실현과 성장의 지와 100% 들어맞는 조직 목표가 있다. 그 직장을 다니면서 행복은 매일매일 배가된다. 그 조직은 사회를 유익하게 만드는 데 공헌한다. 회사 임원들부터 CEO까지 모두 다 도덕적이다. 소명의식을 갖고 있다. 휴가도 길게 쓰게 해준다. 통근도 편하다. 그러면서 워라밸도 보장된다.

그런데 말이지. 그런 일터가 정말 존재하기나 할까. 그렇다손 치더라도 출근하긴 싫지 않을까. 따분하기만 하지 않을까.

현실은 비관하고, 이상 속의 '관념'을 선善이라 떠받드는 식의 사고는 우리 일상 곳곳에 뿌리내려 있다.

지금 이 글을 쓰는 나는 휴가 중인데, 이건 온전하며 이상적인 휴가가 아니지 않나 하는 불만에 괴롭다. 바람직한 휴가의 본이라면, 모름지기 이렇게 힘들게 원고를 쓸 게 아닌데. 석양 지는 해변을 바라보며 와인 한잔을 짠 해야 하는데. 매일 물 2리터 마시기나 런지, 플랭크 100개 같이 1일 1운동량을 정해서 해야 하지 않나. 도서관에서 빌려 왔건만 첫 장도 펴보지 못해 연체된 책들을 휴가 기간 미션 클리어 하듯이 다 해치워야 하지 않나. '바람직한 휴가의 본', 그 망령이 스멀스멀 올라오는 것이다.

이데아적 사고는 자주 우리를 지배한다. 이건 이상적 결혼이 아니야. 여긴 이상적 직장이 아니야. 그는 이상적인 상사가 아니야. 그런데 그런 건 없다는 걸 오래 일하다 보면 깨닫는 날이 온다.

이데아idea는 플라톤이 '국가론'을 통해 밝힌 개념이다. '육안이 아니라 마음의 눈으로 통찰되는 사물의 순수하고 완전한 형태'란 뜻이다. 사물의 본질 또는 원형을 가리킨다. 플라톤은 현실의 의자, 책상, 지우개, 노트북 등의 사물은 단지 이데아의 모사에 지나지 않는다고 주장했다. 복제품일 뿐이란 것이다. 그런 사물들은 때가 되면 닳아 해지고, 낡고, 마모되고 쇠퇴한다. 속성이 변질된다. 반면 이데아는 불변하며 항구적인 원형이다. 이데아는 완전하다. 이 세상에 있는 사물보다 더 실제적이다. 이데아는 현실에서 감각되는 것보다 우월한 존재다. 이 이데아론은 서구철학의 형이상학, 특히 '신의 존재'를 이론화하는 신학의 굳건한 토대가 된다.

하지만 현실은 비판하고, 관념만을 숭상하는 사유 방식의 토대가 되기도 한다. 대개 전자가 더 우월한 것으로 간주하는 폭력적 이분법들(보편/특수, 주체/타자, 강한/약한, 이성/감성, 거시/미시, 구조/개인, 외부/내부, 전체/부분, 공/사)의 단초를 제공한 것도 이데아다.

일터의 '이데아'는 현실에 존재하지 않기에 이상과 관념 속에 들어차 우리를 괴롭힌다. 온화한 상사, 마음이 잘 맞는 동료, 적성에 꼭 들어맞는 직무, 나의 비전과 꼭 들어맞는 회사의 청사진, 적절한 대우와 보상…. 이런 가치들이 순도 100%로 충족된 일터란 '허구'이자 망상일 수도 있다.

어떤 시기, 어떤 순간 존재할 수도 있겠다. 그런 조건을 만들기 위해 노력할 수도 물론 있다. 하지만 대개는 어렵다. 일의 본질 자체가 그렇다. 일터에 지상낙원은 없다.

오히려 언제나 몇 가지가 불충분한 상태. 그런 상태가 일터든 삶터든 선험적으로 주어지는 조건 같은 느낌이 들 때가 있다.

그래서 오늘도 A씨와 나는 이런 노래를 부른다. 이거야말로 골계미 넘치는 직업에 대한 노동요 아닐까.

출근하긴 싫은데 / 퇴근하니 좋다

월요일은 싫은데 / 금요일 오후는 날아갈 듯 좋다.

상사가 너무 미운데 / 상사가 휴가간 주가 너무 행복하다.

기사 쓰는 건 어려운데 / 마감 후 마시는 커피 한 잔이 청량하다.

5부

끝과 시작, 다시 일

죽기 전에 과연
일 생각이 날까

레프 톨스토이 『이반 일리치의 죽음』

"젠장! 이렇게 살지 말걸. 여태 헛살았네."

'꼴까닥'

레프 톨스토이의 소설 『이반 일리치의 죽음』을 간명하게 요약하면 이 두 줄이면 되지 않을까. 고위 관료에 고귀한 신분으로 한평생을 품위, 품격, 체면을 지키며 화려하게 살았지만, 마지막 순간에 통한의 후회를 하는 고등법원 판사의 이야기니까.

이 소설처럼 주인공이 극 말미에 이르러 죽음의 순간을 그

내면을 핍진하게 묘사하는 소설 속 장면들을 좋아한다. 임종에 다다른 그 초고밀도의 짧은 시간 동안 자신과 삶 전체의 진액이 주마등처럼 스칠 테니까. 그때 자기 자신과 나눈 대화들이야말로 삶의 정수, 인생의 진실을 보여주는 것일 테니까.

일단 존 윌리엄스의 소설 『스토너』 속 주인공은 환각과 섬망이 교차하는 그 임종의 순간 "넌 뭘 기대했나?"라는 자문을 끊임없이 한다. 묻고 또 묻는다. 넌 무엇을, 전 생애를 걸쳐 원했고. 추구하며 살아왔느냐고. 정유정의 『진이, 지니』 속 주인공은 솔직하다. 그 어떤 가족, 친구, 애인도 떠올리지 않는다. 오로지 지금 이 순간 헤어져야 하는 '나', 내가 가장 오래 보살피고 돌보고 애쓰며 살아왔던 '나 자신'과의 이별을 가슴 깊이 애도한다. '너 참 너를 위해 고생하면서, 악쓰면서 살았다'고 위로한다. 그리고 나 자신과 헤어짐에 구슬퍼한다.

이반 일리치는 어땠을까. 그 정도로 폼나게 떵떵거리며 살았으면 좀 쿨하게 삶과 헤어질 수 있지 않았을까. 엄친아였다. 명망 높은 가문에, 남들 다 부러워할 만한 스펙에, 명예가 드높았다. 일단 직업이 판사다. 출세 가도를 달리며 승승장

구했다. 업적과 명망을 유지하는 것, 일터에서 대우받고 인정받는 것을 삶의 최우선 가치로 여기고 그 목표를 향해 내달렸다. 명이 좀 짧긴 하다만(이반 일리치는 45세에 불치병에 걸려 죽는다) 짧고 굵고 화끈하게, 근사하게 살지 않았던가.

하지만 그는 의외로(?) 죽음 앞에선 찌질 그 자체다. 승진이 두 단계나 높게 확정된 새 부임지에서 연봉 5,000루블에 4,500루블의 이사 비용까지 받고 새 집으로 이사했지만, 집을 단장하던 차 커튼을 달려다 발을 헛디뎌 옆구리를 다쳤다. 그 통증은 불치병으로 이어져 시름시름 앓기 시작한다. 걷잡을 수 없이 커져 가는 고통에 마침내 자신의 죽음을 예감하며 그는 이렇게 되뇌인다.

> 내가 더 이상 존재하지 않는다는 것은 무슨 뜻이지? 아무것도 없다는 건가? 내가 없어진다면 나는 어디에 있게 되는 거지? 정말 죽는 걸까? 안 돼, 싫어.*

* 레프 똘스또이, 석영중·정지원 옮김, 『이반 일리치의 죽음·광인의 수기』, 창비, 2018, 74쪽.

이후 그의 삶은 벌컥벌컥 화를 내고, 통증에 신음하고, 표독스럽게 분노를 퍼붓고, 죽음을 부정하는 삶의 반복으로 이어진다. 자기 삶에 스며든 독을 다른 사람들에게 퍼지게 한다. 낮빛은 흑색으로 변한다. 아무도 자신에게 연민을 가져다주지 않음에 더 칭얼칭얼 심술을 부리기 시작한다.

고통을 잊기 위해, 일로 돌파구를 찾으려는 시도도 한다.

〈일하자, 일을. 나는 일 덕분에 사는 사람 아닌가〉라고 중얼거리곤 했다 그는 온갖 의혹들을 떨쳐버리기 위해 법원으로 출근했다. 그는 동료들과 대화를 나누고, 늘 그랬듯이 이런저런 생각을 하며 재판정에 앉아 방청석을 지긋이 바라보았다. 뼈만 앙상한 두 팔을 참나무 안락의자의 팔걸이에 걸치고 여느 때처럼 몸을 기울여 옆자리 동료에게 서류를 밀어주면서 이런저런 말을 속삭였다.*

실제 그의 삶에서 일보다 더 중요한 것은 없었다. 삶이 송

* 같은 책, 80쪽.

두리째 흔들려 우울증과 무료감에 시달렸던 시기도 승진에서 누락됐던 때다. 대학 도시 재판장 자리에서 밀려났고, 3천 5백 루블의 부당한 처우를 받아 억울했다. 상급자들과 다툼을 벌였다. 결국 다음 인사에서도 밀려난다. 그는 자기 가치를 알려주는 다른 '자리'를 찾으려고 쟁투한다.

> 공무를 수행하며 느끼는 기쁨은 자존심이 충족되는 데서 오는 기쁨이었고 사교 활동을 하며 느끼는 기쁨은 허영심이 충족되는 데서 오는 기쁨이었다.*

삶 전체가 '자리'에 의해 증명되고, 일련의 자리 이동으로만 설명되는 삶이었다. 자존심과 허영심으로만 순도 높게 채워진 삶. 높은 자리를 낚아채고, 좋은 자리로만 가치가 입증된다. 그의 모든 것은 '자리'로만 설명되어, 그가 죽자 많은 사람들이 그의 부재로 도미노처럼 이어질 인사이동과 승진만을 생각한다.

* 같은 책, 53쪽.

전 생애를 거쳐 '죽음'의 의미, '선善' 의지를 화두로 삼았던 대문호 톨스토이는 이 소설을 통해 표피적이고 이기적인 삶만을 추구한다면 죽음에 다다라 땅을 치고 후회만 할 수 있다고 말하는 듯하다. 문명은 죽음을 덮고, 공포를 가리고, 의식을 지연시키고, 인간 본성 속에 자리잡은 선을 중요시하지 않는다. 하지만 '지속의 사라짐'인 죽음을 목도했을 때, 생의 멈춤, 삶의 끝에 도착했을 때 일, 신분, 소속, 자리와 같이 문명화된 것들은 결코 자연적인 죽음에 당도한 인간의 삶을 충만하게 하지 못한다. 그런 건 덧없고 허망한 것들이니까.

이반 일리치는 하인 게라심이 보여주는 절대적 선, 아들이 마지막에 그의 고통을 슬퍼하며 보이는 진정한 연민에서 답을 찾는다. 그리고 그들을 위해 삶을 과감히 놓아 버리자, 죽음이 사라지고 실제로 죽음을 맞는다.

예일대 명강의로 엮은 『죽음이란 무엇인가』*란 책을 종종 펼쳐 본다. 이 책 말미에는 사각형의 그래프가 등장한다. 삶의 가로를 수명(양), 세로는 행복지수(질)로 나타낸 것이다. 이 사각형의 꼴에서 일이 차지하는 위상, 지분은 어느 정도일까.

물론 일은 행복지수에 지대한 영향을 미칠 것이다. 삶 대부분의 시간을 삼켜버리는 게 일이니까. 하지만 그게 전부일 순 없다. 일에서의 성공만을 좇게 되면 건강이 쇠할 수 있고, 그럼 세로축인 질이 짧아질 수 있다. 일, 놀이, 사랑, 연대가 균형을 잡아야 세로축이 안정적인 수치를 유지하며 이어질 수 있다.

양과 질, 질과 양은 독립적이다. 관련이 없다. 특히 양은 수명이라 우리가 통제할 수도 없다. '양질 전환의 법칙' 같은 것도 일어나지 않는다. 불행하게 오래 살아도, 행복하게 단명해도 그 삶은 고통스럽거나 아쉬운 삶이다.

그리고 무엇보다 톨스토이가 전 생애에 걸쳐 강조한 것처럼, 이 사각형은 명료한, 닫힌 테두리라는 것, 언젠간 그림이

* 셸리 케이건, 박세연 옮김, 『죽음이란 무엇인가』, 엘도라도, 2020.

완결되는 끝 지점이 있다는 것도 인지해야 한다.

다시 스스로에게 물어본다. 나는 내 임종 때 무엇을 떠올릴까. 지금 쓰는 이 첫 책을 떠올릴까. 땡. 대학 입시에 합격했던 그 순간을 떠올릴까. 땡땡. 기자가 된 이후 가장 영예로웠던 순간을 기억할까. 땡땡땡!

남편과 처음 여행을 떠났던 도쿄 오오타구. 거기서 처음 잡은 땀에 젖어 미끈덩거리는 그의 손바닥 감촉이 떠오를 것 같다. 어머니의 박장대소 웃음소리, 근엄했던 아버지가 활짝 웃을 때 볼 깊이 파였던 보조개. 남동생의 형형한 눈빛이 생각나지 않을까. 그리고 그 여름날 누군가를 절대적 선의로 도와줬던 일, 그 일을 떠올리지 않을까. 그렇게 내 임종 때 떠올릴 잔상을 감히 예언해본다. 일 따위는 새하얗게 잊어버릴 것 같다.

그래서 다시금, 톨스토이가 남긴 명언을 곱씹어본다.

“오늘 밤까지 살라. 동시에 영원히 살라.”

욱해서
퇴사하고 싶을 땐

아델베르트 폰 샤미소 『그림자를 판 사나이』

꼬박 2년을 백수로 지냈다. 스물여섯 살에 대학을 졸업하고, 스물여덟 살에 직장에 입사하기 전까지. 나는 엄마한테 언론사 입사를 준비해야 하고 이 시험은 원래 어려운 거라고 조근조근 말씀드렸다. 엄마는 고개를 끄덕끄덕 하셨다. 믿으셨다. 응원해 주셨다. 논술·작문 스터디에 열심히 다니고, 뽈뽈 거리며 언론사 시험에 응시했다. 다 떨어졌다. 백수 경력만 1년이 넘어섰다. 공부가 하기 싫어졌다. 놀러 다녔다. 영화도 보고 여행도 가고. 양심은 있어서 연애만 안 했다. 엄마는 어금니를 깨물고 염화 미소(?)를 지으며 기다려 주셨다. 핀잔은 없었다.

그러던 어느 날, 나는 엄마 옆에 앉아 커피를 홀짝홀짝 마시며 좋아하는 시인의 시를 낭송해 폰으로 녹음하고 있었다. 백수 경력 만 1년 반을 채울 때다. 나름 문학소녀라고.

그때 엄마가 두 눈을 부릅뜨고 말씀하셨다.

"뭐하노."

"응? 시 녹음하는데?"

찰싹!(등짝 스매싱)

"니 지금 뭐하냐고!"

사회학 서적에서 단골 인용되는 문학작품인 아델베르트 폰 샤미소의 『그림자를 판 사나이』에 따르면, 당시 나는 그림자가 없는 무일푼 청년 백수였으리라. 그림자가 없어도 하나뿐인 딸이니 챙겨주고 보살펴주는 부모에게 얹혀 살며, 그림자 없는 부끄러움을 모르고 살았으리라. 아무튼 그때 진노한 엄마의 표정을 보고 정신이 번쩍 뜨인 나는 내가 그림자 없는 인간임을 그제서야 깨달았다. 얼마 후 한 언론사에 취업했다.

19세기 독일 소설 『그림자를 판 사나이』는 주인공 슐레밀이 그림자를 팔면서 시작되는 비극을 다루는 얘기다. 하찮게 여겼고, 있는 줄도 몰랐고, 의식하지도 않았던 그림자를 정체불명의 남자에게 매도하고 나자, 슐레밀의 삶이 꼬이기 시작한다. 그림자가 없다고 타박에 무시에 손가락질 당하고, 아이들에게 놀림을 당하다가 결국 사랑하는 여자와의 결혼도 파투난다. 돈은 많았지만 그림자가 없어 창피해 낮에는 돌아다니지도 못한다. 그는 새삼 그림자 없이는 공동체에서 지위도 자리도 존재감도 얻지 못한다는 사실을 깨닫는다. 그림자로 된통 당한 슐레밀은, 그림자를 사간 남자와 재회한다. 이번엔 영혼을 팔라고 꼬드이는 남자. 슐레밀은 이를 단칼에 거절하고 방랑길에 오른다.

이 문제적인 '그림자.' 그러니까 없으면 낙인찍히고 차별받다 못해 '벌거벗은 생명' 취급을 당하는 그림자란 은유를 무엇으로 볼 것인가에 대해선 해석이 다양하다.

김현경 교수는 『사람, 장소, 환대』*에서 그림자를 '성원권'

* 김현경, 『사람, 장소, 환대』, 문학과지성사, 2015.

으로 해석한다. '사람됨'을 박탈당했던 자들, 피상적인 환대는 받지만 권리는 없는 비인격화된 존재, 비성원권자가 곧 '그림자가 없는 사람'이라는 것이다. 노예, 사형수, 재일 조선인, 난민, 이주여성, 장애인, 성소수자, 불가촉천민, 백수 등이 여기에 포함될 것이다. 이외에 시민적 연대성, 사회적 인정, 소속감과 정체성을 부여하는 무엇, 계급사회에서의 신분이라고 보는 관점도 있다. 해석은 다양하지만 '없는 것 그 자체가 인간으로서 권위의 박탈을 뜻하는 무엇'이라는 관점에는 차이가 없다.

내겐 취업이 안 돼서 무위도식하던 이십 대나, 마흔을 바라봐 직업 자아 자체가 곧 나의 자아가 돼버린 지금에도 '그림자=그 사람의 일'로 읽힌다. '독립적인 경제생활이 가능한 성인'으로서 자기 힘으로 입에 풀칠을 할 수 있는 사람이 인간됨의 기본 조건, 양보할 수도 타협할 수 없는 필수불가결한 전제 조건 아니겠는가.

인간이라면 꼭 있어야 하며, 잃으면 사회 속에서 존재감을 잃어 업신여김을 당하는 것. 성인의 정체성에서 상당 지분을 차지하는 것. 역시나 '일'이다. 우리 사회에선 일을 하지 않는 성인의 무업 상태를 인정하지 않는다. 백수, 실업자는 사회부적응자로 인식되고 사회적 관계망이 철저히 상실되며, 상호작용의 가능성을 잃어버린다. 국가는 고용률 통계를 매달 발표한다. 실제 미국 연방준비제도이사회는 통화정책의 목표 중 하나인 '완전고용maximum employment'을 '광범위하고 포용적인 목표broad-based and inclusive goal'로 본다. 고용되지 않은 사람은 정책 실패가 된다.

어쩌면 '일하는 사람'이란 그림자는 안정망이 취약한 사회에서 더욱 그 위용을 드러낼지 모르겠다. 불안한 사회에선 직업 선택의 자유가 없으니까. 임금노동만이 우리의 삶을 보장해준다.

다만 숙고할 것이 있다. 임금노동이 예전부터 그림자처럼 '필수 불가결한 무엇'으로 평가받진 않았다는 점이다. 봉건시대 귀족들은 일을 안 했다. 소크라테스, 공자도 마찬가지다. 그땐 임금노동을 하지 않는 것이 인간의 기본 조건인 그림자의 상실을 의미하지 않았다. 사회마다 세대마다 '그림자'로 명명할 수 있는 인간됨의 조건은 늘상 변해 왔다. 전근대 사회엔 신분이 그림자였다. 귀족은 일 없이 팽팽 놀아도 그림자를 갖고 있었다. 하인들은 뼈 빠지게 일해도 그림자가 없었다. 근대화가 지나고 나서야 노동자 계급이 출연하면서 '일'이 중요해졌다.

막스 베버의 『프로테스탄티즘 윤리와 자본주의 정신』은 언제부터 인간됨의 기본 조건으로 '임금 노동'이 상정돼 왔는지 그 기원을 추적한다. 그는 청교도 정신에서 그 뿌리를 찾는다. 1509년 태어나 1564년 세상을 떠난 장 칼뱅과 그의 개혁주의 신학을 이어받은 칼뱅주의자들이 직업적 성공을 구원의 징표로 본다. 직업은 내가 필요에 따라 선택한 도구나 수단이 아니라, 신이 내게 부여한 임무로 친다. 직업노동의 세계에 안정적으로 진입해, 극기의 자세로 성과를 내고 최선을 다하는 것은 곧 신을 섬기는 것과 동급이라는 교리를 만든 것이다.

직업을 뜻하는 독일어 'beruf'나 영어의 'calling'은 '신으로부터 부여받은 임무'란 뜻을 내포하는 것만 봐도 그렇다. 그렇기에 우리는 '생을 헐어'서 직업노동을 극기의 자세로 해내야 신의 교리에 충성한 것이 된다. 천당에 가고 구원받기 위해서다. '삶의 종교화'다. 베버는 이 같은 칼뱅주의의 청교도적 직업윤리가 자본주의 사회와 맞물리면서 오늘날의 직업 개념이 만들어졌다고 본다. 그리고 이건 현대 일터를 지배하는 강력한 종교가 된다. 일을 잘해야 아름다워 보이고, 일을 못하면 못생겨 보인다. 하물며 일을 안 하는 사람은 그림자가 없는 존재다. 낙인 찍히고 배제당하고 경멸을 받기 쉽다. 모든 드라마나 영화 콘텐츠에서 일 잘하는 사람을 가장 아름답게 그린다. 마치 미디어가 사회가 세계가 워커홀릭교, 능력주의교, 프로페셔널 교를 선교하는 것만 같다. 이 종교의 교주는 시스템 그 자체일 수도 있을 텐데, 교리(유능해야 덕이 있다) 자체가 매력적인 것인지 만국의 신도들을 다 끌어당겼다.

하지만 의문은 든다. 단지 생계형 '일'일 뿐인 직업에 지나친 금욕·욕망·구원·성공 신화를 투영하고 살고 있는 건 아닌지. 16세기에 생겨난 종교를 아직도 철석같이, 신실하게 믿으며, 과도하게 착취하며 살고 있는 건 아닌지. 인간은 태어난 시대의 조류와 세태에 영향을 받으며 살 수밖에 없지만, 가끔은 그 시대 전체를 조망하며 자신의 신념 체계 또한 원거리에서 바라봐야 하는 건 아닐까.

그래서 가끔 일이 지긋지긋할 때, 태업하고 싶을 때, 농땡이 치고 싶을 때, 그런 나의 게으름을 정당화하고 싶을 때 내 그림자를 바라본다. 언젠간 그림자가 없어질 나의 모습도 상상한다. 그리곤 생각한다.

이 세태가 갈망하는 종교만을 믿으며 살지 않아도 된다고, 나를 착취하게 하는, 옥죄는 모든 것을 누가 만들었는지 회의하고 관조하는 삶을 살아도 된다고. 그 시기는 아마도 '자본주의'라는 종교에서 개종해야 할지도 모르니까.

우리는 일로
연결되어 있다

조지 오웰 『위건 부두로 가는 길』

"석굴암, 타지마할, 앙코르와트, 스톤헨지… 그거 지금은 절대 못 만들어요. 그땐 인건비가 턱없이 낮아서 만들 수 있었던 거지"

『지적 대화를 위한 넓고 얕은 지식』을 쓴 채사장이 한 유튜브에서 한 말이다. 이 얘길 듣고 나선 세계문화유산을 볼 때마다 거대한 비애가 느껴졌다. 단기간 내에 절대 할 수 없는 수준의 살인적인 노동, 짧은 공기(공사 기간)에 사람들을 채찍질하며 착취해서 만든 결과물이 바로 이 웅장한 문화유산 아닐까. 목뼈가 휘어지고 허리가 절단되게 사람들을 갈아 넣어야 이런 찬란한 건축물을 만들 수 있는 거구나 싶어서다. 그러니까 현생도 일 때문에 힘들지만, 근대사회에는, 전근대 사회에는 더더욱 일하느라 뼈 빠지는 사람들이 있었으리라.

조지 오웰의 『위건 부두로 가는 길』은 1930년대 산업화의 한가운데 있었던 영국 탄광 노동자들의 삶을 집중 조명한다. 읽고 나선 감히 '막장이다'는 표현을 쉽게 입에 올리지 못하게 된다. 실제 막장이 어떤지 오웰이 직접 막장꾼, 필러filler라 불리는 사람들의 삶을 따라다니며 초고밀도로 묘사해서다. 막장꾼들은 짧으면 1.5킬로미터, 최대 8킬로미터 길이의 갱도를 낮은 자세로 기어가, 지하 350미터의 암흑 속에서 곡괭이와 쇠지레로 석탄을 퍼담는 일을 한다. 옷은 거의 벗은 채로다. 물론 목숨을 담보로 걸고서.

그곳은 유황 연기가 자욱하고, 가스 폭발과 지붕 붕괴의 위험이 도사린다. 일을 하다 바위에 깔려 죽고, 안진증에 걸려 실명하는 일도 빈번하다. 탄진의 자욱한 공기와 혈암 가루로 시야가 가려지고, 1미터 남짓 되는 천장에서 몸을 반으로 접어 거북 걸음으로 출근을 해야 한다. 등뼈가 쿵쿵 찍혀가며 쪼그린 자세로 기어들어간 곳에는 무시무시한 소음을 내는 전동식 설탄 절단기가 있다. 여기에 몸이 깔리는 사고도 부지기수다. 어마어마한 진동을 느끼며 암석 같은 석탄을 7시간 반 동안 캔다. 20세기 초반 영국 리버풀, 셰필드 일대의 탄부들의 삶이 실제 그랬다. 그게 얼마나 참혹하고 끔찍한 노동이었는지를 오웰은 사실적으로 묘사한다.

광부들은 한평생 일해도 연금수당을 받기 쉽지 않았고, 일하다 죽어도 사망보험금은 쥐꼬리만했다. 만 10세가 안 되는 어린아이들이 작은 체구로 탄광에 들어가 일을 해야 했다. 신분과 계급의 벽은 두터웠다. 사회보장제도는 열악해서 광부들은 위생적이지 못한 주거지역에서 곤궁한 삶을 이어가야 했다. 부랑자가 되거나, 가족을 잃거나, 몸을 다치는 일도 비일비재했다. 영국 중상위 계급들은 이들을 위해 아무것도 해주지 않으며 오히려 멸시하고 괄시하고 구별을 지으려 했다. 오웰은 이 같은 계급구조에 환멸을 느끼며, 탄광 노동자들이 인류 번영의 씨앗이 된 석탄을 캐는 일을 해주고 있기에, 우리가 안락한 삶을 살아갈 수 있다는 것을 힘주어 말한다.

우리 모두가 지금 누리고 있는 비교적 고상한 생활은 '실로' 땅속에서 미천한 고역에 시달리는 사람들에게 빚지고 얻은 것이다. 눈까지 시커메지고 목구멍에 석탄가루가 꽉 찬 상태에서 강렬 같은 팔과 복근으로 삽질을 해대는 그들 말이다.*

문명의 기반인 석탄, 서구 세계의 신진대사인 석탄을 캐는 탄광 노동자들의 목숨을 건 혹독하고 신산한 삶이 있으니, 우리가 불을 떼고, 차를 마시고, 도시에 살 수 있는 거라고, 그 사람들의 노동의 전제 위에 윤택한 삶이 있다는 얘기다.

오웰은 강변한다. 우리는 이를 애써 모른 척하거나, 잊은 채 살고 있거나, 심지어는 멸시하고 혐오하며 살고 있다고.

책을 덮고서 오웰의 사유를 확장해 본다. 출근하며 마주치는 모든 사람들의 삶이 내 삶처럼 느껴진다. 어떤 사람의 얼

* 조지 오웰, 이한중 옮김, 『위건 부두로 가는 길』, 한겨레출판, 2010, 49~50쪽.

굴은 피로에 쩔어 있고, 고달퍼 보인다. 첫차를 타면 더 그렇다. 새벽 시장을 가면 부끄러울 정도로 활기에 넘치는 사람들만 보인다.

담배를 피우면서 커피 한잔을 손에 든 넥타이 부대, 안전모를 쓰고 드릴로 바닥을 뚫고 있는 기술자, 오토바이를 타며 어딘가로 배달을 가는 사람들, 편의점에서 물건을 계산해주는 사람, 커피 전문점에서 내가 주문한 라떼를 만들어서 주는 바리스타….

서로가 한 일의 결과를 공유하면서 대도시는 지탱되고 유지된다. 그 일은 인프라와 시스템과 관행과 치안, 안전과 제도를 만든다. 그 속에 우리는 살아간다. 각기 다른 일을 하지만 모두 구조적으로 연결돼 있다.

한국일보 기자들이 쓴 『중간착취의 지옥도』*는 내게 '한국판' 위건 부두로 가는 길로 느껴졌던 책이다. 1998년 고용시장 유연화와 일자리 창출의 미명 하에 도입된 '파견 근로자 보호에 관한 법률'이 사실상 잉태한 '간접고용'은 원청과 '직계약'이 안된 그야말로 '남의 집에서 일하는 사람'들을 양산했다. 책은 그로 인해 생긴 중간착취의 사슬에 대해 다룬다. 원청(사용주)과 용역(고용주) 사이에 껴서 임금을 착복당하고, 부당한 대우를 받으며, 손쉽게 해고를 당하고, 피복비를 떼이며, 그런 과정 중에 산업재해를 당하는, 안 해도 될 일까지 해야 하는, 그런 악마적인 구조를 보여준다. 그런 구조 속에 컨테이너에 깔리거나 화학물질에 노출돼 '일하다 죽는 일'은 지금도 일어나는 엄연한 현실이다. 일상에서 자주 마주치게 되는 경비노동자나 청소노동자, 방문점검원, 물류센터 노동자들이 겪는 현실, 그 사실에 대해 가슴 깊이 숙고하게 한다.

* 남보라, 박주희, 전혼잎, 『중간착취의 지옥도』, 글항아리, 2021.

이밖에 아파트 경비원, 물류센터 직원, 카트유지보수관리자 등 원청과 직계약하지 않고 용역업체, 파견업체 노동자들이 3각 구조로 계약이 된 문제. 그래서 매달 임금을 떼이면서도 노조를 만들 수도 없고 거꾸로 가는 월급명세서를 놓고도 항의조차 할 수 없는 열악한 구조에 있는 중간착취 문제에 대해서 다룬다.

이 책을 읽고선 며칠 전 집 인터넷이 안 돼 콜센터로 항의를 한 일이 생각났다. 사흘이나 지나야 방문이 가능하다고 해서 다른 통신사로 옮기겠다고 엄포를 놨는데, 그것 때문에 헐레벌떡 인터넷을 봐주러 온 인터넷 설치기사 아저씨의 얼굴이 생각났다. 아마도 간접고용 노동자였을 텐데, 그 착취 구조에 갑질 고객으로서 가담한 게 아닐까 진지하게 생각해 보았다. 나는 노동자기도 하지만 소비자이고, 이 사회를 이루는 공동체의 구성원이기도 하니까. 그분들과 나 역시 연결돼 있다.

"모든 문제를 사회 구조 탓으로 돌리는 데 동의 안 해요. 그리고 일체유심조, 모든 일은 마음먹기에 달려 있다. 여기에 동의 안 해요. 진실은 그 중간 어디에 있어요."

유시민 작가가 〈알쓸신잡〉에서 한 이 말에 전적으로 동의한다. 우리가 일터에서 괴로운 이유는 내 마음 탓도 있지만, 자본주의의 야만, 속도, 능력주의의 잔혹함 같은 사회적 질병에도 귀인이 있다. 그리고 이건 일을 하는 모든 사람들이 공유하는 문제다.

하지만 때로는 우리가 일을 하면서 겪는 고통의 출처를 모두 개인에게 돌리고 있지 않나 하는 의구심이 든다. 숀 코비부터, 스펜서 존슨, 론다 번, 말콤 그래드웰로 이어지는 self-developmint(자기계발) 담론의 영향 탓에 구조적 고통을 돌파해야 할 힘을 연대로 찾는 것이 아니라 단지 개인의 '정신 승리'로만 견뎌내라고 하는 것처럼 느껴진다.

우리의 일, 우리가 돈을 버는 과정, 자본주의가 돌아가는 그 시스템을 생각해본다. 아무런 지향도, 가치도 없이 '재생산'에만 몰두하는 그 시스템. 가끔은 이 시스템을 낯설게 보면서 그 속에서 연결돼 살고 있는 우리끼리 손을 맞잡아 본다. 그렇게 구조를 보고 만지는 사유를 해야 우리는 더 긴밀히 뜨겁게 연결될 수 있지 않을까.

일터의 연극은
언젠가 끝난다

프란츠 카프카 『단식광대』

수줍음이 많다. 술도 못 마신다. 얼굴도 잘 빨개진다. 그러니까 완전히 직업을 잘못 선택했다. 남들한테 들이대고 질문하기 전에 백팔번뇌를 해야 한다. 그런데 어쩌나. 이번 생애 직업을 '기자'로 택했다. 망한 거지 뭐. 이대론 못 산다. 저돌적이고 당돌하고 시원시원하게 사람들에게 다가가야 한다. 그게 내 일이고, 내 직업이 요구하는 덕성이니까.

출근하는 길이 '기자'란 직업을 연기하러 무대 위에 올라가는 길 같았다. 기자 초년병 시절까진 덜렁대는 신참 배우였다. '발연기'를 했다. 어설펐다. 불운의 연기자 같았다. 대사를 까먹어 두 눈이 종종 휘둥그레졌다. 식은땀이 줄줄 흘렀다. 무대 밖으로 도망치고 싶었다. 어쩌겠나. 이 연극의 감독은 나. 관객 역시 나다. 배역을 택한 것도 나다. 버텼다. 어쩔 땐 그냥 '에라 모르겠다' 하고 미친 척 연기도 해봤다.

그렇게 '기자됨' '기자되어짐'을 지금도 배우로 연기하며 살고 있다. 10여 년을 했는데도 단역에 연기상도 별로 못받고, 스타도 되지 못했는데 꾸역꾸역 생계형으로 흉내만 낸다. 메소드 연기는 고사하고, 얼치기에 버벅되고, NG도 많이 낸다. 그래도 배역에 대한 일말의 양심, 열광과 열정은 남아 있다.

가끔씩은 이젠 '기자'역이 나인지, 무대 밑으로 내려온 자연인이 나인지 잘 모를 때도 있다. 같은 배역의 연기를 오래 하다 보니, 그냥 그 배역에 녹아들었다. 그러니까 이 일을 하기 위해 써야 했던 무겁고 버거운 가면이 내 얼굴에 스며버렸다. 심지어 무대 밖이 더 어색할 때도 있다. 연기가 곧 삶이 되어버린 거다.

프란츠 카프카의 『단식광대』에서도 나와 비슷한 캐릭터가 나온다. 자신이 맡은 그 직업의 연기를 내면화하고 체화해, 삶이 돼버린 광대의 이야기다. 그래서 공감이 된다. 결말은 슬프다. 더 이상 자신을 원하지 않아 연기를 멈추라고 하는 무대에서 내려가지 못하는 얘기여서다.

여기, 검정 트리코를 입고 늑골을 보인 채 창살 안 짚 위에 고요히 앉아있는 단식광대가 있다. '굶는 묘기'를 하는 광대라니 희한한 직업이다. 물만 마시고 곡기를 끊었다. 그는 먹는 것을 별로 안 좋아해서 그 직업이 적성에 맞았다.

게다가 그가 살았던 시대엔 신기하게도 단식광대가 각광받았다. 절식이 금욕과 절제, 인내와 수도의 정신을 상징해서였다. 앙상하게 말라가는 몸으로 오랜 시간 '먹지 않음'을 선보였다. 사람들은 환호했다. 박수갈채가 쏟아졌다. 단식광대로서 명성도 높아졌다. 그는 스타였다.

그가 몰래 음식을 슬쩍하지 않는지, 매의 눈으로 지켜보는 고정 감시인이 있었다. 하지만 단식광대는 직업정신이 투철하고 진실된 사람이었다. 누가 보든 안 보든 엄격하게 단식을 지켰기 때문에 오히려 감시인들의 의심을 서글퍼했다. 그는 그 자체로 단식에 광적으로 몰두했다. 단식에 깊이 매료됐다. 스스로 정한 기준을 어기고 몰래 무언가 먹는 일은 결코 없었다. 슬쩍 무언가를 먹을까 봐 곁눈질하고 의심하는 사람들 곁에서 그는 직업적 소명, 자신과 한 약속을 지키려 애썼다.

단식광대는 소명의식을 갖고 단식에 임했고 그 직업에 진심이었기에, 절제와 인내로 먹고 싶은 욕구를 참았다. 흥행주는 단식 '40일'에 맞춰 그를 창살에서 꺼내 축제를 벌이고 먹을 것을 주었지만 그는 그 이상의 단식도 가능했다. 40일로 끝나는 단식을 못마땅해했다. 40일을 넘어서서 불가해한 단계로 자신을 뛰어넘고, 진정한 단식 장인이 될 수 있었는데 그때마다 흥행주는 단식을 멈추게 했다. 사람들의 관심이 40일을 기점으로 폭발적으로 늘어났다가 40일이 지나면 시들해졌기 때문이다.

그러던 어느 날 비극이 찾아왔다. 시간을 지나면서 단식 자체를 신기해하는 사람들이 사라졌기 때문이다. 군중들은 단식쇼를 혐오했고 그를 구경하러 오는 사람이 줄었다. 그는 대형 서커스단으로 자리를 옮겼다. 홀대를 받으며 단식광대 일을 계속했다. 하지만 관심이 사라진 사람들은 아무도 그의 묘기에 주목하지 않았다. 심지어 단식일수를 헤아리지도 않았다.

마구간 옆 짚더미에서 그는 홀로 단식을 하다 죽어갔다. 아무도 단식일수를 세지 못했는데, 그는 열심히 단식을 했다. 그가 결국 죽었다. 그 자리에 이글거리는 눈빛의 표범이 들어온다. 이야기는 이렇게 끝이난다.

이 슬프고 허망한 얘기를 왜 좋아하는지 모르겠다. 특히 '좋아하는 음식이 없어서 단식을 한 거라며, 미안하다'고 하는 단식광대의 그 말을 잊지 못하겠다. 무엇보다 직업 자체가 모순적이고 역설적이다. 먹고살려고 하는 일이 '단식'이라니.

공감도 간다. 가끔 일하는 게 죽으러 가는 길처럼 버겁게 느껴졌다. 스트레스에 밤잠을 설치고, 과로와 중압감에 뒷목이 뻐근했다. 열도 나고 몸도 으슬으슬해도 맡은 일을 마쳐야 할 때가 많았다. 어떤 사람을 만나고 대하는 게, 죽기보다 더 싫었던 적도 있다. 그럴 땐 과연 살려고 일을 하는 건지, 죽으려고, 일을 하는 건지 분간이 안 갔다.

이 책의 1장에서, 일터에서 가면을 쓰고 살아가는 것이 버겁다고 썼다. 일터에서 써야 하는 가면이 내 보드라운 피부를 무겁게 짓뭉개는 것 같다고, 나의 본질과 심금을 낱낱이 해체하는 것 같았다고 했다.

늘 장전된 총알의 상태로 무대 위에서 내가 맡은 직분을 흉내 내면서 살았다. 그리고 가끔은 생각한다. 언젠가 이 연기도 끝날 거라고. 다른 배역이 주어질 거라고. 그럼 흔쾌히 무대에서 내려와 다른 무대로 떠나야 한다고. 그럴 때 단식광대처럼 계속 이 공연을 고집해선 안 된다고.

감독이든 상대 배우든 이제 당신의 배역은 끝났다고 통보

할 때, 초연히 그 무대 위에서 내려와 다른 배역을 맡을 수 있도록. 그때 찾아오는 쉼과 자유도 분명히 있을 것이라고 믿어본다.

단식광대가 너무나 일을 사랑해 마지않아, 저 다른 세계 속에서 비극적인 생을 마감했다면, 그를 독자로서 만난 나는 다른 삶을 상상할 수 있지 않을까. 그렇게 책의 단면을 뚫고 저기, 저 어딘가에 검정 트리코를 입고 배를 곯은 채 고독하게 앉아있는 단식광대에게 손을 내밀어본다. 그의 앙상하게 마른 어깨를 감싸본다.

그리고, 다시 내가 맡은 배역이 준 가면을 어루만져 본다. 가면을 오랜만에 벗는다. 한 생명으로서 오롯이 살아가기 위해 오늘도 성실하게 일했던 나의 맨얼굴이 있다. 닳고 녹슬었지만 어딘가 단단하고 반짝반짝하다. 오늘도 애썼다. 고생했다.

자, 이제 눈물을 뚝 그치고

이 책은 '한 독자'의 미숙한 독후감이다. 지극히 주관적이고 개인적인 서평이라 내놓기 부끄럽고 민망한데 '맙소사' 벌써 에필로그를 쓰고 있다.

만 11년을 일했다. 짧으면 짧고 길면 긴 시간이다. 그 기간 동안 어렴풋이 어떤 끌과 톱, 칼로 조각되고 담금질된다는 감각이 있었다. 일을 하기 전, 나는 무정형의 인간이었다. 사포처럼 꺼끌꺼끌한 형체였다.

일을 하고선 방망이 깎이듯이 다듬어졌다. 오돌토돌했던 요철이 없어졌다. 단면은 매끄러워졌다. 상품성 있는, 시장에

팔릴 무엇이 되기 위한 도정이었다. 지금 여기 내가 발 딛고 있는 세태의 공기 속에서, '일을 할 수 있는 인간'으로 재구성되어 갔다. 그리고 그 재련은 지금도 현재진행형이다.

여기 이 책들은, 나의 깎여 나간 가루들, 돌출되어 잘려진 덩어리들, 울퉁불퉁했던 조각들을 다시 보여주었다. 그렇게 형체가 변하는 것이 맞냐고, 당신이 원했던 것이냐고 되물었다. 자연인에서 직업인으로 변해가는 과정 중에 잃어간 것들을 돌아보게 했다. 그리고 간혹 '그건 조각이 아니라 해체되어 가는 과정 아니었느냐'고, 당돌하게 물었다.

그리고 지금은 책이 또 다른 질문을 던진다. 바로 이 모양, 매끈하게 다듬어진 내 모습 속에 허위와 기만, 위선과 권태, 허영과 변심은 없는지. 그렇게 마모된 당신의 얼굴이 마음에 드냐고, 권태에 찌들어 속이는 진실들, 능을 치며 뭉개는 가식은 없냐고, 타성에 젖어 까무룩하게 잃어간 것은 없냐고 되묻는다.

그 모든 질문에 대해서, 책을 쓰면서 답을 해야 했다. 피하고 싶었던 질문, 어물쩍 넘어가고 싶었던 물음을 책들이 집요하게 추궁했다. 그렇게 해서 찾은 내 고유의 답안지를 쑥스럽지만 이렇게 펼친다. 당연히 여러분에겐 정답이 아닐 수도 있다. 아마 정답은 없을 것이다. 그저 하나의 미끄러진 해석만이 있을 뿐이다.

'책은 우리 내면의 얼음을 깨는 도끼'라는 말을 믿는다. 도끼를 하도 맞아서 풍화되고 침식되다 못해 포슬포슬한 모래알갱이가 된 독자 한 명이 여기 있다. 그럼에도 우리는 자주 도끼로 맞고, 자기 갱신을 하는 삶을 살아야 한다고 믿는다. 그 과정을 통해 지켜야 하는 진지함과 엄정함이 있다고 믿는다. 그렇게 우리는 범속해지지 않은 채, 정글 같은 일터에서 고유성과 개성을 지키면서 단독자로 살아갈 수 있을 것이다.

여러분들과 같이 행간에 머물고, 책의 척추를 어루만지며 다시금 사유해 본다. 당신과 나, 우리가 지금 느끼는 어떤 고통에 가닿길 바라며.

출근하는 책들

초판 1쇄 발행 2023년 9월 6일
초판 3쇄 발행 2024년 10월 14일

지은이 구채은

기획 이유림
편집 홍대욱, 정아영

표지 디자인 e11even
내지 디자인 박은진

마케팅 임동건, 안보라
경영지원 이지원
출판총괄 송준기

펴낸곳 파지트 | **펴낸이** 최익성

출판등록 제2021-000049호
주소 경기도 화성시 동탄원천로 354-28 | **전화** 070-7672-1001
이메일 pazit.book@gmail.com | **인스타** @pazit.book

ISBN 979-11-92381-75-6 03810

THE STORY FILLS YOU
책으로 펴내고 싶은 이야기가 있다면, 원고를 메일로 보내 주세요.
파지트는 당신의 이야기를 기다리고 있습니다.